Ich widme dieses Buch meinem Sohn Matteo.

Vorwort:

Ich freue mich, dass ich Ihr Interesse an meinem Buch wecken konnte. Ebenso freue ich mich, dass es dieses Projekt überhaupt gibt. Denn es war mir nur durch eine Sportverletzung möglich es zu realisieren, indem ich die Zeit bis zur Genesung sinnvoll genutzt habe. Nachgedacht über interessante Buchideen habe ich in den vergangenen Jahren häufiger, jedoch war es keine Idee wert meine kostbare Zeit zu investieren. Neben der Rolle als Familienvater, einer Vollzeitbeschäftigung und einem sportlich aktiven Lebensstil konnten nur noch die wichtigsten Dinge in den seltenen freien Blöcken untergebracht werden. Dann, als ich nicht mehr daran gedacht hatte, schaute ich aus dem Fenster und hatte plötzlich und unerwartet eine spannende Welt im Sinn. Je mehr ich über den Inhalt nachgedacht habe, desto mehr füllte sich mein Story-Leitfaden, den ich spontan angefangen hatte niederzuschreiben. Aus allen Bruchstücken kristallisierte sich ein Gesamtwerk heraus, das einen bestimmten Plan verfolgte. Das Ziel war es, eine spannende, einfach zu lesende Geschichte zu erzählen, über bestimmte Themen aufzuklären und zu versuchen etwas positives beizutragen. Ich bin der Meinung dies ist gut gelungen.

Nun ist es an Ihnen sich eine Meinung zu bilden.

Ich wünsche Ihnen viel Spaß beim Lesen.

Manuel De Vittorio

Birds Are Crying

Wir ernten was wir säen

Kapitel 1:

Wo ist das Vögelchen?

Vor vielen Jahren in einem ruhigen Vorort von Barcelona ging ein Mann im Alter von circa 35 Jahren und sportlicher Statur zu seinem brandneuen Sportwagen, der in der Einfahrt seines luxuriösen Hauses stand. Es war ein Porsche. Jeder konnte sehen, wie er mit stolz geschwellter Brust zu seinem Goldstück marschierte. Seine dunklen Haare passten farblich hervorragend zum Lack seines Schlittens. Ganz offensichtlich war er ein Geschäftsmann, zumindest ließ dies sein Kleidungsstil erschließen.

Täglich fuhr er in dieser Woche mit seiner neuen Liebe in die Arbeit. Wie immer kam er spät abends nach Hause, holte sich ein Bier aus seinem unnötig großen Kühlschrank und sah sich die neuesten Entwicklungen der Börse im Fernsehen an. Während am unteren Bildschirmrand die Börsenkurse vorbeiflitzten, lief auf dem Rest des Bildschirmes ein Bericht über das Land Kamerun, dass mit einer Vogelplage zu kämpfen hatte. Genauer gesagt ging es in dem Bericht um sogenannte Aaskrähen, die sich in den letzten Jahren laut den Forschern, aufgrund von Klimaveränderungen, massiv vermehrt hatten. Wenig interessiert schaltete der Mann den Fernseher ab.

Die Haustüre öffnete sich und ein kleiner, neunjähriger Junge sprang ins Freie. Er hielt einen Fußball in der Hand und starrte betrübt auf den Boden. Der gut gekleidete Geschäftsmann, der ein wenig in die Jahre gekommen war, eilte ebenfalls heraus und wandte sich seinem Sohn zu. Er ging in die Hocke und sagte mit bedauernder Stimme:

„Es tut mir leid, ich muss zur Arbeit, es ist wichtig und ich kann jetzt nicht mit dir spielen."

Eine Frau durchschritt die Türschwelle, gab dem Mann einen Kuss und begleitete den Jungen Hand in Hand zurück ins Haus. Der Sportwagen hatte sich inzwischen in einen Luxus-SUV verwandelt. Selbstverständlich der Marke treu geblieben. Am Haus wurde an der rechten Seite, um mehr Wohnfläche zu schaffen, angebaut.

Täglich setzte sich der Mann pünktlich, als könnte man den Wecker nach ihm stellen, in sein Auto und fuhr zur Arbeit. Als es dunkel wurde, wanderten zwei Lichter einsam die Einfahrt hinauf. Der Mann kam wie immer spät zurück nach Hause. Anders als zu Arbeitsbeginn war es beim Feierabend weniger pünktlich und unvorhersehbar. Sein gewohnter Weg führte ihn zum neuen Kühlschrank, der mit allerhand „Smart Home" Funktionen ausgestattet war und erleichterte das Gerät um ein kühles Bier.

Klick! Der Fernseher ging an und der Nachrichtensender schleuderte die Börsenentwicklungen des Tages am unteren Bildschirmrand entlang. In der oberen Hälfte des Bildes berichteten Sie über die aktuelle Lage in Afrika. Die Menschen dort hatten mit ausgetrockneten Feldern, einigen unbewohnbaren Häusern und Wassermangel zu kämpfen. Die Urheber des Ganzen waren riesige Vogelschwärme, die vermehrt über den Kontinent verteilt gefunden wurden.

Er dachte augenrollend: „Jeden Tag diese Vogelplage in Afrika, gibt es nichts Wichtigeres?“

Man konnte am Gesicht des Mannes ablesen, dass er genervt war.

Als er den Blick wieder auf den Fernseher richtete, war gerade eine junge Frau zu sehen, die ein Interview gab. Sie erzählte, dass die Vögel fast alle Insekten im Land aufgefressen hatten, ohne diese können die Pflanzen nicht mehr ausreichend bestäubt werden, was eine Landwirtschaft quasi unmöglich macht. Die Brunnen sind durch Kot der Vögel verschmutzt worden. Die Suche nach sauberem Trinkwasser wird so von Tag zu Tag erschwert. Zur Krönung wurde gestern ihre neunjährige Tochter von einer Krähe, die Hunger hatte und keine Nahrung mehr fand, angefallen.

Eine Karte mit rot markierten Gebieten wurde eingeblendet. Als das Gehirn des Mannes die Informationen des Fernsehers verarbeitet hatte und er realisierte, was genau er gerade sah, wurden die Augen des Mannes so groß wie der Fußball seines Sohnes, den dieser am Morgen noch in der Hand gehalten hatte. Der halbe afrikanische Kontinent war mit roter bedrohlicher Farbe ausgefüllt. Nachdenklich und ein wenig verängstigt machte der Mann den Fernseher aus und ging zu seiner bereits schlafenden Frau ins Bett.

Ein Mann, der verzweifelt versuchte ein frischer und dynamischer Mittzwanziger zu sein, aber offensichtlich schon weit über 30 war, entspannte in seinem Pool. Zwei leicht bekleideten jungen Damen leisteten ihm Gesellschaft. Sein Balzverhalten, welches an Peinlichkeit nicht zu übertreffen war, sorgte bei Menschen in den meisten Fällen dafür dem Mann von vornherein gegenüber negativ eingestellt zu sein. Er wirkte als hätte er ein Jahresabo an Selbstüberschätzung abgeschlossen. Überall lagen Flaschen und Gläser herum. Im Pool hatte sich sogar eine schwimmende Plastikinsel aus Bechern und Tüten gebildet. Fast wie in einem Miniatur-Experiment zum Thema Ozeanverschmutzung. Es klingelte an der Tür.

Der Mann richtete sich genervt auf und rief: „Andres!", Andres!!!"

Ein Junge mit ungefähr elf Jahren kam auf die Terrasse hinaus und wartete darauf, was sein Vater von ihm wollte. Flankiert von den zwei Frauen brüllte er in Richtung seines Sohnes und teilte ihm mit, dass vermutlich seine Mutter vor der Tür steht, um ihn abzuholen. Und er solle doch bitte dieses Mal Emilio davon berichten, wie großartig es bei Papa ist.

Endlich war das von beiden Seiten aus verhasste gemeinsame Wochenende vorbei.

Sichtlich erfreut abgeholt zu werden, ging der Junge zu seinem gepackten Koffer. Eilig schnappte er sich das gute Stück und machte sich auf den Weg zur Tür. Mitten auf dem Weg lief er an seinem Großvater vorbei, der im Rollstuhl saß. Sein Großvater wohnte noch im Haus, da es eigentlich noch ihm gehörte. Andres wusste nicht viel über den Vater seines Vaters. Nur dass er einmal ein großer Geschäftsmann war und er seine Firma irgendwann für wahnsinnig viel Geld verkauft hatte. Und dass er bei der Erziehung seines Sohnes ordentlich versagt haben musste. Vor ein paar Jahren hatte ihn dann die Demenz erwischt und seitdem verbrachte er den Rest seiner Tage damit herumzusitzen und irgendwelche Börsenkurse auf seinem Lieblings-Nachrichtensender zu verfolgen. Der Junge verließ das Haus und im Fernseher des alten Mannes war ein Notfallbericht zu sehen. Sie hatten dafür sogar zum allerersten Mal die Börsenkurse am unteren Bildschirmrand ausgeblendet.

„Ausnahmezustand in Afrika!", war die Schlagzeile des Berichtes.

„Der komplette Kontinent befindet sich im Quarantänezustand. Kaum Nahrung, wenig Wasser, massenhaft Tote", stand im Fließtext, der die Börsenkurse ersetzte.

Die Bilder zeigten fliegende schwarze Strudel, die den kompletten Himmel verdunkelten und kaum noch als Städte zu identifizierende Gebiete. Ein Satellitenbild, auf dem viele kleine sich langsam bewegende dunkle Flecken zu sehen waren, wurde eingeblendet. Eine verwahrloste Frau Anfang 30 gab mit schwacher Stimme ein Interview.

„Sie haben alles zerstört", sagte sie verzweifelt. „Sie haben uns die Nahrung genommen, sie haben uns das Wasser genommen. Hier neben mir ist einer der wenigen Brunnen, die noch halbwegs trinkbares Wasser enthalten", sagte sie, während sie auf ein Loch im Boden zeigte. „Unsere Häuser verfallen durch den sauren Kot der Vögel und sind unbewohnbar geworden."

Die Frau stoppte kurz und es schien als müsste sie sich sammeln, da die Emotionen sie ansonsten überwältigen würden.

Wieder „Frau über die Lage" fuhr sie niedergeschlagen fort:

„Viele starben an den Krankheiten, die durch die Kot-Belastung übertragen wurden. Die Menschen die gesund blieben, fielen nach und nach den aggressiven Vögeln zum Opfer. Die Weidetiere wurden schon vor Wochen von der Plage verspeist. Ich wusste nicht einmal, dass Krähen zu so etwas fähig sind."

Sie holte ein kleines Mädchen vor die Kamera und fuhr fort:

„Das ist meine Tochter Amari. Sie hat keine Perspektive mehr. Das arme Kind leidet jeden Tag Hunger und Durst. Wo soll ich denn mit ihr hin? Ich versuche sie so gut zu beschützen, wie ich kann, aber ich brauche Hilfe. Wir alle hier brauchen Hilfe!

Helft uns!

Helft uns!

Helft uns!"

Ein Reporter übernahm wieder und berichtete über erstmalige Sichtungen von riesengroßen, alles vernichtenden Vogelschwärmen in Europa, Asien, Nord- und Südamerika.

Der alte Mann war währenddessen vor dem Bildschirm eingeschlafen und träumte in diesem Moment vom größten Deal seines Lebens.

Kapitel 2:

Eine lange Reise

Der Himmel war tiefschwarz. Kein einziger Lichtstrahl schaffte es, sich durch das Dunkel zu kämpfen. Zusammengekauert und das Gesicht mit einem Tuch bedeckt, saß Amari, eine junge Frau aus Kamerun, in der Ecke einer Wellblechhütte. Der bescheidene Unterschlupf hatte keine Eingangstür und war auf einer Seite komplett ohne Außenwand. In dieser Gegend waren die Hütten alle auf diese Art gebaut worden. Die Menschen konnten sich bei Gefahr schnell hineinbegeben und sich den gierigen Blicken aus der Luft entziehen.

Von weitem hörte sie durch die laute Geräuschkulisse hindurch eine leise Stimme rufen: „Amari komm schnell hierher!"

Amari überwand sich aufzustehen und durch ein kleines Fenster, den Rufen folgend, auf die Straße zu schauen. In der Ferne sah sie eine Frau die aus einer Tür im Boden herausschaute und wie wild mit den ausgestreckten Händen fuchtelte. Dies konnte sie wegen akuter Lebensgefahr lediglich ein paar Sekunden machen, ehe sie wieder unter der Luke Deckung suchen musste. Die Frau wollte das Amari sich schleunigst zu ihr in den unterirdischen Schutzbunker gesellte.

Panisch überlegte Amari: „Wie soll ich es nur zu ihr schaffen? Wenn ich einfach so ohne weiteres losgehe, bin ich sofort tot."

Unter Anspannung und großem Druck schaute sie sich um, sofern sie bei der Dunkelheit überhaupt etwas sehen konnte. Bis in die Knochen spürte sie das laute, unangenehmen Krächzen, dass von außerhalb der Hütte ihre Ohren malträtierte. Aufgrund der fehlenden Wand konnte Amari in der benachbarten Wellblechhütte, die ebenfalls auf einer Seite keine Außenwand besaß, auf dem Tisch etwas Feuerzeugbenzin erspähen. Direkt in ihrer unmittelbaren Nähe im gegenüberliegenden Eck lag ein alter Regenschirm. Da war sie. Amari hatte die rettende Idee.

„Das muss funktionieren! Das muss funktionieren!", sagte sie mehrmals zu sich selbst.

Um die benachbarte Hütte zu erreichen, musste Amari eine kurze Strecke unter freiem Himmel zurücklegen. Das war riskant. Sie nahm all ihren Mut zusammen, schnappte sich blitzschnell den alten Regenschirm und rollte sich gekonnt, wie ein lautloser Attentäter, in die Hütte nebenan in Reichweite des Feuerzeugbenzins. Sie schaffte es zu ihrer Erleichterung ohne Aufsehen zu erregen.

„Jetzt muss es schnell gehen!"

Sie schüttete Feuerzeugbenzin über den Regenschirm und ... Mist!

„Wo ist das Feuerzeug?", fluchte Sie laut ins Leere.

Sie durchsuchte all ihre Taschen und konnte es nicht finden. Verschiedene dunkle Szenarien verbreiteten sich in ihren Gedanken.

„Ist es schon vorbei? Ist mein Leben bereits mit 22 Jahren zu Ende?"

Während die pessimistischen Gedanken in ihr wüteten, sprang es förmlich in ihr Blickfeld.

Das Feuerzeug!

Es lag auf dem Boden im Freien, zwischen den zwei Hütten. Sie musste es bei ihrer Rolle verloren haben.

In Windeseile hechtete Amari zum Feuerzeug und setzte den Regenschirm so schnell sie konnte in Brand. Ein Feuersturm entfachte über ihr. In Amaris großen, dunklen Augen spiegelten sich die Flammen und ließen sie ungefährlich und friedlich wirken. In Wirklichkeit waren sie unerträglich heiß und kaum zu bändigen.

Amari wusste, sie hatte nicht mehr viel Zeit bevor der Schirm komplett abbrennen und sie ungeschützt im Freien stehen würde. Also eilte sie ohne Zeit zu verlieren voran. Geschützt unter dem brennenden Regenschirm befand sie sich in der Mitte der Straße. Obwohl sie ihr Ziel, den Bunker zu erreichen, mit höchster Aufmerksamkeit verfolgte, hatten ihre Augen etwas anderes im Sinn und wandten sich dem Himmel zu. Es war ein atemberaubendes und gleichzeitig bis ins Knochenmark beängstigendes Schauspiel. Ein Ozean aus schwarzen Krähen, die am Himmel in fliegenden Wellen entlang glitten und sich auf alles stürzten das annähernd nach Nahrung aussah kreiste um Amari herum. Eingeschüchtert von dem Anblick der sich ihr bot hörten ihre Beine auf zu funktionieren. Als sie wieder zu sich fand wurde ihr bewusst, dass sich ihre Überlebenschancen soeben verringert hatten.

„Ich werde auf keinen Fall aufgeben“, sagte Amari zu sich selbst und sprintete in Richtung der rettenden Tür im Boden.

Ein prüfender Blick nach oben offenbarte ihr die miserable Nachricht. Der Schirm war so gut wie abgebrannt. Und im nächsten Moment war es bereits geschehen. Amari ließ den Schirm fallen. Das Feuer war bis zu ihren Händen vorgedrungen und hatte schmerzende, verbrannte Stellen zurückgelassen. Der Schwarm, weniger beeindruckt vom nur noch rauchenden Schirm, nahm Notiz von ihr und machte sich auf den Weg sein Werk zu verrichten. Unter Todesangst mobilisierte Amari ihre letzten Reserven. Die Frau, die ungeduldig auf Amari wartete, öffnete ihr die Bunkerluke genau zur richtigen Zeit. Amari setzte den ersten Fuß auf die Bunkerleiter. Im selben Moment stürzten die Schnellsten der Vögel bereits auf sie und bohrten ihre Schnäbel in ihr Fleisch. Qualvolle, schmerzerfüllte schreie übertönten das Krähen der Vögel für einen Moment. Der zweite Fuß folgte dem ersten und noch weitere drei Vögel drangen durch Amaris Haut und hinterließen blutende Wunden. Sie blickte kurz auf. Da war er, der große, tödliche Rest, der sich auf direktem Weg zu ihr befand. Ein heftiges metallisches Geräusch erschütterte den Bunker.

"DONG!"

In letzter Sekunde konnte Amari die Bunkeröffnung verschließen und der Todesschwarm flog mit voller Wucht gegen die geschlossene Luke. Vollgepumpt mit Adrenalin und noch gar nicht realisierend es in den sicheren Bunker geschafft zu haben, stieg Amari die Leiter hinunter. Sie drehte sich zu der Frau und es bedurfte keiner Worte um Amaris Dankbarkeit zu übermitteln.

Sie betrat einen Raum voller armer, mitgenommener Seelen. In der Ecke waren drei weinende Frauen. Eine davon war in unendlicher Trauer, da sie mehrere Minuten zuvor ihren Mann als Futter an die Vögel opfern musste, um selbst zu überleben. Sie hatte einen ausgeprägten Überlebenswillen. Ob selbst mitgewirkt oder nicht, der Schmerz des Verlustes war derselbe, mit den Schuldgefühlen im Schlepptau ja sogar noch schlimmer. Die anderen Beiden hatten es besser getroffen. Sie wurden nur mit den üblichen Fleischwunden versehen und versteckten sich verängstigt und unter Schock im Bunker. Sehnsüchtig warteten sie darauf das die Vögel weiterziehen würden und sie wieder zurück nach Hause konnten.

Zwei verwahrloste dünne Männer in der anderen Ecke waren am Ende ihrer Kräfte und wirkten verzweifelt. Einer von ihnen hatte einen aussichtslosen Kampf gegen die Killerkrähen geführt, um seiner Familie genügend Zeit zu verschaffen in ein sicheres Gebäude zu kommen. Er hatte den Kontakt zu ihnen verloren und der Status seiner Liebsten war ihm zum jetzigen Zeitpunkt unbekannt. Der zweite, ein bärtiger Genosse, war seit Stunden damit beschäftigt den Verletzten und Bedürftigen seines Viertels zu helfen, bis ihn seine Kräfte verließen. Amari begab sich stillschweigend zum freien Platz auf dem Fußboden in der Mitte. Kein Wort fiel in der von Trauer und Hilflosigkeit getränkten Stimmung, bis der bärtige Mann mit wutentbrannter, tobender Stimme schimpfte:

„Warum kommen sie nicht? Unsere Regierung hat bereits zwanzig *Bird Booster* in Auftrag gegeben und bezahlt.

Warum kommt *Brasil* nicht, um uns zu helfen. Gut verdient haben sie ja bereits an unserem Leid."

„Die Firma *Brasil* hat die *Bird Booster* nicht entwickelt, um zu helfen und diese Technologie jedem zugänglich zu machen, sondern um sich an unserem Leid ein goldenes Näschen zu verdienen. Warum sonst haben sie sich das Monopolrecht für den Bau gesichert und haben damit anderen Firmen die Möglichkeit genommen uns zu unterstützen.

„Das Stimmt, wir sind ihnen völlig egal", sagte ein anderer, noch älterer Herr.

„Ja Prima", entgegnete der Bärtige. Und jetzt kommen sie trotz Auftragsvergabe und Vorausbezahlung nicht. Jeder der für diese Firma arbeitet wird dafür büßen müssen, das schwöre ich."

Ein kleiner Junge, der gerade mit seinen Schnürsenkeln spielte, blickte auf und fragte: „Aber Onkel Sarim, Ist *Brasil* nicht ein Land, das ganz weit weg von hier ist?"

Der bärtige Mann mit Namen Sarim beruhigte sich und sprach zu dem Jungen in gemäßigter Tonlage:

„Das ist schon lange her mein Kleiner. Es stimmt, *Brasil* war vor vielen Jahren ein ganz gewöhnliches Land."

Er richtete nun seinen Blick auf und schaute jeden einzelnen in der Runde abwechselnd an.

„Nachdem sie die Lösung zur Abwehr der Plage, die *Bird Booster* entwickelten, konnten sie Riesenerfolge verbuchen. Eine unvorstellbare Menge an Geld floss auf ihre

Konten und als sie nicht mehr wussten wohin damit, kauften sie mal eben das gesamte Land in dem sie einst ihren Firmensitz hatten. Damit wurden sie zur ersten *Country Company* weltweit. Also quasi eine Firma in der Größe eines Landes. Sie sind unabhängig und haben eigene Gesetze. Lediglich an die Gesetze des Weltrates müssen sie sich halten aber die gelten ja bekanntlich für jedes Land und jede Firma auf der Welt."

Sein Blick schweifte wieder zurück zu dem Jungen.

Somit hast du eigentlich teilweise recht mein Junge. Sie sind sozusagen immer noch ein Land, das nun mit Firmenstrukturen angeführt wird."

Sarim machte eine kurze nachdenkliche Pause und führte dann fort: „Ich hoffe nur das die *Booster* bald gebaut werden und die von *One Industries* mit der Auslieferung der *Sozial Pods* nicht auch noch so lange brauchen, ansonsten wird es uns alle nicht mehr geben. Wobei deren *Pods* sowieso nur für die wenigen Finanzstarken unter uns sind."

Der Junge grinste und berichtigte: „Onkel Sarim keiner nennt sie *Sozial Pods*. Man nennt sie einfach nur *Pods* oder *Social-Pods.*"

Sarim konterte eingeschnappt: „Das ist doch total irrelevant sollten wir - wie anzunehmen – sowieso keine bekommen."

Amari hörte gespannt zu. Noch nie hatte sie *Bird Booster* oder *Social Pods* in echt gesehen und saugte daher aus Neugierde alle Informationen auf, die sie bekommen konnte. Sie wusste auch nicht wie *Bird Booster* genau funktionierten. Alle Informationen hatte sie meistens aus dem Fernsehen. In der Werbung wurden diese Türme von der Firma *Brasil* als Rettung der Menschheit angepriesen. Mittels eines Tons auf einer bestimmten Frequenz, die mit speziell auf die Vögel abgestimmten Druckwellen übertragen wurde, hielten die *Bird Booster* die Vögel von den Städten fern. Immer wieder schweifte Amari mit den Gedanken ab und realisierte welch ein Glück sie eben gehabt hatte.

Damit die Menschen in Städten in denen *Bird Booster* im Einsatz waren problemlos leben und miteinander kommunizieren konnten, hatte die Firma *One Industries* die *Social-Pods* entwickelt. Sie schützen vor den Druckwellen, die das menschliche Gehör ohne Schutzvorrichtung sofort irreparabel zerstören und die Person in Orientierungslosigkeit versetzen würden. Durch die Pods konnten sich Menschen die im Einzugsgebiet um einen *Booster* herum lebten, trotz heftiger Geräuschkulisse, völlig normal unterhalten. Da sie solch eine Technik in Amaris Stadt nicht hatten, wusste sie auch nicht mehr darüber. Alles was sie wusste war, dass es nach dem heutigen Tag, nach vorherigen Zweifeln, zu einhundert Prozent feststand:

„Ich muss hier weg“.

In ihrer Stadt war der Wunsch nach Veränderung natürlich nichts Ungewöhnliches. Jeder Zweite sprach davon Kamerun für ein besseres Leben zu verlassen. Gran Canaria hier, Gran Canaria da. Alle wollten sie auf die plagefreie Insel. Das Paradies im Paradies! So nannten sie es täglich in den Nachrichten. Amari konnte diese im Gemeinschaftsraum verfolgen, in dem sich der einzige

Fernseher der gesamten Stadt befand. Es gab nur ein Problem: Nur reiche, wohlhabende Leute und Familien durften dort wohnen. Die Mittelosen, denen es wirklich schlecht ging, wurden an den Schutzmauern auf offener See oder bereits auf dem Festland in der Stadt Tarfaya abgewiesen. In dieser Hafenstadt existierte für Afrikaner die einzige Überfahrtsmöglichkeit zur Insel. Sie war hervorragend als Transitstadt nach Gran Canaria geeignet, da die Entfernung vom Festland zur Insel am geringsten war. Vor 60 Jahren war Tarfaya ein kleines Dorf in Marokko gewesen, mittlerweile hatte es sich in eine große und wichtige Grenzstadt verwandelt, die von Flüchtlingen nur so belagert wurde.

Nichtsdestotrotz wartete in Kamerun nur der Tod auf Amari. Gleich am nächsten Morgen, als die Plage fürs Erste weitergezogen war und Amari ein wenig Schlaf bekommen hatte, ging sie zusammen mit den anderen Bunkerinsassen an die Oberfläche zurück.

Sie überlegte, wohin sie am effektivsten gehen müsste, um alle nötigen Informationen für ihre Reise schnellstmöglich einzuholen.

Als ersten Gedanken kam ihr die verrückte Ira in den Sinn. Sie war vor fünf Jahren losgezogen und hatte die Flucht nach eigenen Angaben fast geschafft. Nach zwei Jahren in Flüchtlingslagern vor den Toren der Stadt Tarfaya und drei gescheiterten Versuchen auf See, gab sie dann schließlich auf und ging zurück in ihre Heimat. Ob sie es wirklich fast geschafft hatte konnte kein lebendes Wesen bezeugen.

Jedoch kam sie durch ihre detailreichen, spannenden Erzählungen zu ein wenig Ruhm in unserer Stadt.

Überzeugt von ihrem Einfall machte sich Amari umgehend auf den Weg. Fest ihr Ziel im Blick überlegte sie sich welche Informationen sie benötigte und welche Fragen dafür gestellt werden müssen. Auf ihrem Weg bemerkte sie kaum noch die Zerstörung, welche die Krähen in ihrem Treiben hinterlassen hatten. Sie hatte dies einfach schon zu oft gesehen um davon beeindruckt gewesen zu sein.

Nach ein paar hundert Metern kam sie an ihrer alten Schule vorbei. Es war schon eine Weile vergangen als sie das letzte Mal Unterricht hatte. Damals, an Tagen an denen keine Vögel in der Stadt zu sehen waren und der Weg zur Schule nur wenig Gefahr geboten hatte, konnte sie an den - für sie - spannenden Lehrstunden teilnehmen. Der Klassenraum befand sich genau wie der Schutzbunker in einem Kellergewölbe unter der Erde. Sie konnte dort eine Menge über Europa lernen. Dieser Zusammenschluss von Staaten faszinierte sie am meisten. Anders als im Amerika von heute bestand Europa aus ganz vielen kleinen Ländern, die ihre eigenen Sprachen und unterschiedliche Kulturen und Mentalitäten hatten. Und dennoch fanden sie alle innerhalb der europäischen Union einen Konsens. Etwas weiter passierte sie das Haus eines Freundes, der ihr stets, trotz einer gemeinsamen gescheiterten Vergangenheit als Paar, zur Seite gestanden hatte und ausgeholfen hatte so gut er konnte. Seine ungesund intensive Leidenschaft zu technischen Spielereien weckte unter den Einwohnern der Stadt ein großes Interesse an seiner Person. Am Haus schien alles den Umständen entsprechend in Ordnung zu sein.

Deshalb entschloss sie sich dazu, nicht auf einen Abstecher bei ihm vorbeizugehen und setzte ihren Weg fort.

Fast angekommen, bemerkte Amari schon von weitem welche Spuren der Fluchtversuch bei der - wie ihr Name schon andeutet - verrückten Ira hinterlassen hatte. Sie humpelte, hatte zerzaustes graues Haar und schrie gerade wie in Tobsucht ein Holzpferd an, welches sie sich in mühseliger Handarbeit selbst gebaut hatte. Zusätzlich fehlte ihr ein Auge und das in Anführungsstrichen gesunde Auge rollte wie wild nach rechts und links, was es schwer machte einen Augenkontakt mit ihr aufrecht zu erhalten.

„Hallo Ira“, rief Amari.

Ira drehte sich zu Amari und sagte: „Hallo Kindchen, was führt dich zu mir? Du willst mir nicht rein zufällig beim Zähmen dieser bockigen Stute helfen?“

Amari musste kurz Grinsen, da der Anblick von Ira und dem Holzpferd wirklich lustig war. Ähnlich einem alten zankenden Ehepaar. Nur eben mit hölzernem Gefährten in Pferdeoptik.

Amari erwiderte: „Nein, heute nicht. Ich bin hier weil ich nach Gran Canaria flüchten möchte und ich von dir möglichst viele Informationen darüber brauche.“

Ira schaute sie mit überraschtem Blick an, während ihr einziges gesundes Auge zielsuchend in jede Richtung wanderte.

„Oh Kindchen, nicht du auch noch“, krächzte sie.

„Bitte! Bitte! Bitte! Ira!", flehte Amari. „Ich will so nicht den Rest meines Lebens verbringen. Wenn du mir nicht hilfst versuche ich es anderswo oder mache mich einfach so auf den Weg."

Ira schnaufte schwer und sprach: „Ey, ey, ich kann dich ja eh nicht davon abhalten. Lieber machst du dich mit meinen Informationen auf den Weg als ohne. Aber ich warne dich", ermahnte sie mit dramatischer Stimme. „Mach dich auf eine heftige Reise gefasst."

Also, dein erstes Zwischenziel wird Nigeria sein. Am besten erreichst du das Land über Jaunde und dann weiter nach Duala bis zur Grenze. Dieser Weg kommt dir gelegen, da du dich fast ausschließlich in dichtem Wald geschützt vor Angreifern von oben bewegen kannst."

„Oh war das schön als ich nackt im Einklang mit den Bäumen im Wald getanzt habe", schweifte Ira kurz ab.

Sie fing sich wieder und setzte ihre Ausführungen fort.

„Ähm, in Nigeria solltest du dich in Richtung der Stadt Abuja begeben. Aber geh auf keinen Fall in die Stadt hinein. Am besten überhaupt keine Stadt betreten, in denen gibt es regelmäßig Plagen-Angriffe. Jetzt kommen wir zum richtig unangenehmen Teil. Du musst als Nächstes ganze 100 Kilometer nach Norden in Richtung Wüste. Die Strecke bietet noch sehr viel Nahrung und kaum Schutz, daher ist hier ordentlich was los vogelmäßig."

„Sei still Freddy, ich weiß, ich sag es ihr ja gleich", schob sie zwischendrin sinnlos ein und schaute zu ihrem Holzpferd.

„Es ist für überlebenswillige unbedingt nötig, sich mit etwas bedeckt, kriechend fortzubewegen damit dich die Vögel nicht bemerken."

„Was!!??", schrie Amari schockiert auf. „Wie soll man denn so eine große Strecke auf dem Boden robbend zurücklegen?"

Ira erwiderte: „Mit Durchhaltevermögen, purer Willenskraft und etwas das sich dir noch zeigen wird, falls du das Zeug dazu hast. Ich sagte doch es wird heftig Süße. Aber wenn du dann erstmal in der Wüste angelangt bist, musst du dir nur noch über Wasser und Nahrung Gedanken machen. Denn außer in kleinen, seltenen bewohnten Gebieten, gibt es dort keine Vögel mehr."

„Ich wiederhole, wiederhole, wiederhole", sagte Ira in einem hohen, verrückt klingenden Ton.

„Immer von Städten fernhalten! Von Abuja aus bis in die Wüste nur auf dem Boden kriechend fortbewegen."

Amari war von Ira's verrückten Art sichtlich verunsichert. „Erzählte sie ihr die Wahrheit oder ist das eine Geschichte aus Ira's ganz eigener Welt?", fragte sie sich.

Ira Sprach immer weiter wie ein Wasserfall: „Solltest du es in die Wüste geschafft haben, wanderst du vom Süden der Sahara aus immer weiter in Richtung Nordwest. Nach - bei mir waren es bestimmt zwei Wochen - wirst du vor Tarfaya ankommen.

Du wirst hier von weitem den *Bird Booster* wahrnehmen und wenn du in die Stadt hinein möchtest, benötigst du funktionierende Sozial-Pods."

Amari teilte mit enttäuschter Stimme mit: „Aber ich habe keine Sozial-Pods."

Ira dreht sich plötzlich wieder verwirrt zu ihrem Holzpferd, welches, wie sie auch, nur ein funktionierendes Auge hatte und schrie:

„Was sagst du Freddy?!!!"

Kurze Stille machte sich breit.

Gefolgt von einem: „Stimmt, du hast recht, hätte ich fast vergessen."

Sie ging in eine Abstellkammer und wühlte, wurstelte und stellte alles auf den Kopf. Bis sie mit einer Kiste zurückkam. Sie öffnete diese euphorisch mit den Worten:

„Et voila! Hier sind meine alten Sachen. Diese hatte ich damals auf meinem Fluchtversuch dabei. Was haben wir denn hier? Da wären meine selbstgebauten Sozial-Pods. Leider haben wir hier nicht die Mittel, um einfach in den Laden zu gehen und uns welche von *One Industries* zu kaufen. Aber wir lassen uns davon nicht aufhalten und werden, wie du siehst, einfach kreativ."

Ira zog etwas hervor das Amari entfernt an Kopfhörer erinnerte. Ein Bügel an dem zwei gepolsterte Gummi-Ohrmuscheln befestigt waren, solche von der Art, die das ganze Ohr einschließen. Um die Ohr-Polsterung herum waren je vier Schrauben, die etwas unter einem Zentimeter lang waren, von denen Amari gar nicht erst wissen wollte wofür diese gut sind. Die spitzen Enden der Schrauben zeigten in Richtung Innenseite, also zum Kopf, der sich vermutlich bald dazwischen befinden würde.

Amari war schockiert und dachte sich: „Oh mein Gott, was ist das denn? Es wird garantiert nicht schön sein diese Pods zu tragen."

Das Kopfkino verursachte unangenehme Bilder, die Amari schleunigst auszublenden versuchte.

„Ein Schritt nach dem anderen", dachte sie sich. „Warum jetzt Sorgen machen, über Dinge, die noch weit entfernt liegen und eventuell gar nie passieren."

Sie schaute sich die *Sozial-Pods* genauer an. Schließlich hatte sie in dieser verrückten Bauweise noch nie welche gesehen, noch nicht einmal im Fernsehen. Aus den Ohrmuscheln ragten auf beiden Seiten zwei mit Isolierband befestigte dünne Schläuche heraus. Dem Verlauf der Schläuche weiter folgend, mündeten sie in einem dickeren, der an eine Gesichtsmaske angeklebt und großzügig abgedichtet war. Die Maske erinnerte an eine Beatmungsmaske und schmiegte sich der Mundpartie eines Jeden perfekt an.

Ira bemerkte, dass Amari unaufmerksam wurde.

„Aufpassen, jetzt wird es wichtig", fauchte sie mit bestimmendem Ton.

„Sobald du dich im Einflussbereich eines *Bird Booster* befindest, musst du zwingend die *Sozial-Pods* tragen, ansonsten bist du innerhalb kürzester Zeit taub und verendest orientierungslos. Noch in der Wüste beim Flüchtlingslager vor der Stadt Tarfaya gibt es hoffentlich noch den alten Pod-Laden von Georg. Er kann dir diese *Pods* ohne Probleme an den Schädel montieren. Richte ihm aus, dass du mich kennst. Er wird sich bestimmt an mich erinnern und dir helfen."

Amari wurde beim Satz „an den Schädel montieren" schlecht und wieder begann das Kopfkino. Um es loszuwerden, konzentrierte sie sich voll auf Ira und ihre Worte.

„Wenn du sie trägst, kannst du dich nur über die Maske mit anderen unterhalten", erklärte Ira. „Der *Booster* ist unheimlich laut und die Gummi-Ohrstücke müssen das alles abschirmen. Du würdest kein einziges Wort verstehen, das ins Freie gesprochen würde. Biete sie einfach deinem Gegenüber an und die Person wird wissen was zu tun ist. Andersherum wartest du ab, bis dir dein Gesprächspartner seine Maske anbietet und hältst sie dir an deinen kleinen Mund."

Amari nickte und gab Ira zu verstehen das sie alles verstanden hatte.

Ira fuhr fort: „Ich habe noch etwas großartiges für dich. Hier liegt mein Tarnanzug, der im Krieg vor zwanzig Jahren von unseren Scharfschützen verwendet wurde. Diesen solltest du verwenden, um nicht entdeckt zu werden sobald du den gefährlichen Weg im Kriechen bestreitest. Er war mir ein äußerst hilfreicher Begleiter. Wie du siehst, bin ich ja noch am Leben. Zu guter Letzt, möchte ich dir noch eine stark riechende Tinktur überreichen. Mit ihr kannst du dich dem Geruchssinn der Vögel entziehen. Nutze sie, sobald du dich ungeschützt, ohne Deckung auf allen Vieren fortbewegst. Ohne die Flüssigkeit würden sie sofort deine Witterung aufnehmen und dich umbringen, selbst wenn du absolut regungslos am Boden verweilst.

Abschließend möchte ich dir noch sagen: Nimm dir genügend Vorräte mit. Wasser und Nahrung sind in der Wüste rar. Deine Reise ist sonst schneller vorbei als dir lieb ist Kindchen. Und noch ein Tipp, der mir eine große Hilfe war. Als Händlerin lassen dich die Wachen problemlos nach Tarfaya hinein. Von dort kannst du dann deine Flucht nach Gran Canaria planen und beginnen."

Amari war überwältigt von den vielen hilfreichen Informationen die sie von Ira bekommen hatte. Sie nahm sie ganz fest in die Arme und sagte: „Vielen, vielen Dank Ira."

Mit gemischten Gefühlen machte sich Amari auf den Weg, alle Vorbereitungen für die Reise zu treffen.

Exakt drei Tage nach dem Treffen mit der verrückten Ira fühlte sich die junge Frau bereit, die ersten Schritte ihres neuen Lebensweges zu beschreiten. Wie empfohlen hatte sie Nahrung und Wasser reichlich in ihre Tasche gepackt. Die *Pods* wurden in ein Tuch gewickelt und sicher verstaut. Der Tarnanzug wurde eingerollt und außen am Rucksack hängend befestigt. Die Ausrüstung wurde drei Mal überprüft und für vollständig befunden. Ohne sich von irgendjemandem zu verabschieden marschierte sie los.

„Nicht das noch einer auf die Idee kommt mich zu begleiten“, dachte sie.

Die Strecke nach Nigeria war schnell überwunden und erwies sich als wenig problematisch. Außer ein paar Blasen an den Füßen und einer Verstauchung im Knöchel blieb sie von schlimmerem verschont. Sie passierte Jaunde und drei Tage später war sie in Douala.

Auf ihrem Weg durchquerte sie fast ausschließlich dichte Wälder. Früher waren diese dominiert von Tropenhölzern. Aufgrund des Klimawandels veränderte sich ihr Bild und es setzte sich nach und nach ein künstlich angepflanzter Arten Mix aus Douglasie, Roteiche und Fichte durch. Diese Baumarten waren besonders pflegeleicht und hatten einen geringen Wasserbedarf.

Bei seltenen ungewollten Begegnungen mit einem Vogelschwarm verhielt sie sich ruhig, wartete eine Zeit lang unter dem sicheren Blätter- und Nadeldach ab und setzte dann ihre Reise fort. Durch die Beobachtungen aus dem Schutze des Waldes heraus konnte sie ein wenig über das Verhalten der Krähen lernen. Sie waren gut organisiert und agierten immer in der Gruppe. Von Douala aus dauerte es nur drei weitere Tage bis sie es an die nigerianische Grenze geschafft hatte.

Freudig feierte sie den ersten Meilenstein den sie erreicht hatte. Einen kurzen Moment lang wünschte sie sich sie hätte doch einen Begleiter mit auf die Reise genommen, um diesen Augenblick mit jemandem zu teilen. Der nächste Halt würde an der Stadtgrenze von Abuja sein. Gut gelaunt und voller Energie nahm sie den zweiten Abschnitt ihrer Flucht in ein besseres Leben in Angriff.

Ohne besonderen Vorkommnisse legte sie Kilometer um Kilometer zurück. Es lief sehr gut für sie. So gut, dass sie genügend Zeit hatte um darüber nachzudenken, dass dies erst der Anfang und der einfachste Teil ihrer Reise gewesen war.

Zehn Tage war sie nun seit dem Passieren der nigerianischen Grenze unterwegs. Immer mal wieder konnte sie kleine Wasserquellen nutzen, um ihre Vorräte aufzufüllen. Alles lief wie am Schnürchen, bis sie auf einmal an einer Lichtung Halt machte. Es war keine natürliche Lichtung. Alle Pflanzen waren von menschlicher Hand gerodet und weg transportiert worden. Rechts und links konnte Amari kein Ende der kahlen Fläche erkennen. Jedoch weit entfernt, immer der Nase lang, erspähte sie schützendes Grün. Es blieb ihr nichts anderes übrig als den Weg nach vorn zu beschreiten.

Sie wagte sich vorsichtig auf das offene, staubtrockene Feld. Starr den Blick nach oben gewandt, um mögliche Gefahren frühzeitig zu erkennen. Ein fauliger Geruch erreichte ihre Nase. Er wurde so stark, dass ihr Blick unweigerlich in Richtung des Ursprungs wanderte. Als sie herunterblickte, war sie gelähmt vor Schock. Überall in der Lichtung lagen Leichen. Alle waren mit Rucksäcken und Ausrüstung bepackt. Sie erkannte an der Kleidung der armen Seelen, dass die meisten aus Kamerun waren und vermutlich genau wie sie auf ein neues Leben hofften.

Amari überlegte kurz ob sie in den Rücksäcken der verstorbenen nach Ausrüstung, die sie gebrauchen könnte, Ausschau halten sollte. Kaum war der Gedanken im Kopf gefallen, wollte sie nur noch auf die andere Seite der Lichtung in den sicheren Wald. Ihre Angst trieb sie dazu loszurennen, um endlich dieses unangenehme, bedrückende Gefühl zu verlieren. Sie rannte und rannte, keuchte und schnaufte und erreichte endlich die andere Seite. Es war keine einzige Krähe am Himmel zu sehen und ihr wurde bewusst, wie viel Glück sie abermals gehabt hatte.

Eine Begegnung mit einem Federvieh gab es schließlich doch. Auf der Seite lag eine tote, schwarze Krähe. Aus Neugierde musste Amari diese einfach genauer inspizieren. Sie war überrascht wie fremd ihr der Vogel aus nächster Nähe erschien.

Zuallererst fielen ihr die deutlich größeren schwarzen Augen auf, in denen sich die gesamte Umgebung bei Licht glasklar spiegelte. Ein messerscharfer spitzer Schnabel, der wie ein Fleischerwerkzeug zum Töten geschaffen war, lehrte jedem Lebewesen bei Kontakt Respekt. Amari war hier keine Ausnahme und der Anblick des Tötungsapparates schüchterte sie in erheblichem Maße ein. Als sie das wunderschöne, robuste Federkleid genauer unter die Lupe nahm, wurde ihr bewusst, weshalb die Krähen so schwer zu töten waren. Dieser Federpanzer war im Stande so einiges an Schaden abzuwehren.

Das Exemplar, das zu ihren Füßen lag, war deutlich schmaler, aerodynamischer, aber länger als alle Vogelarten die Amari bisher bekannt waren. Die Krallen des Vogels wirkten so kräftig, als könnte er ganze Schafe damit greifen und in die Lüfte befördern. Was sie hier vor sich liegen hatte war ein waschechter Apex Prädator in seiner Perfektion. Selbst in leblosem Zustand hatte sie in jeder Sekunde, die sie in der Nähe des Raubtieres verbrachte, Todesangst. Pure Erleichterung überkam Amari als sie sich wieder von der Leiche entfernte um ihren Weg fortzusetzen.

Auf ihrem weiteren Weg umging sie, egal wie lange es dauerte, die gerodeten Lichtungen und blieb im Schutze der Baumkronen. Sie wollte auf keinen Fall nochmal so leichtsinnig sein und auf offenes Gelände hinausgehen.

Weitere zehn Tage waren vergangen und endlich passierte sie die Stadt Abuja.

Mit ausreichend Abstand warf sie aus Neugierde einen Blick auf die Hauptstadt Nigerias. Amari sah mehrere Rauchsäulen, einige zerstörte Gebäude und drei oder vier riesige Krähenschwärme, die immer wieder zum Angriff ansetzten. Von weitem war es ein Spektakel den fliegenden Killern bei der Arbeit zuzuschauen. Sie wollte sich nicht ausmalen wie es den Menschen und Tieren dort gerade erging. Falls überhaupt noch jemand übrig war. Die Einwohner hatten bereits vor der Existenz der Plage Probleme ihre Existenzbedürfnisse zu stillen. In Abuja kam es deshalb wohl nie dazu einen *Bird Booster* zu errichten. Es fehlten einfach die Mittel.

Weiter auf dem Weg wurden die Wälder allmählich lichter. Amari wusste, dass es jetzt langsam an der Zeit war den Tarnanzug anzulegen und abartige hundert Kilometer bis in die Wüste kriechend zu absolvieren. Gedacht, getan. Sie zog sich um. Fast hätte sie vergessen die Tinktur, die ihren Geruch überdecken sollte, auf ihrer Haut zu verteilen. Amari musste sich fast übergeben, als sie die nach fauligen Eiern riechende Flüssigkeit überall am Körper aufgetragen hatte.

„Naja immerhin war es mal eine Abwechslung zu ihrem eigenen miefigen Körpergeruch, der ihr in den letzten Wochen in der Nase lag", dachte sie sich und versuchte, alles in einem positiven Licht zu betrachten.

Nachdem alle notwendigen Vorbereitungen abgeschlossen waren, legte sie sich auf den Boden. Jetzt begann der harte Teil ihrer Reise.

Sie musste über hügeliges, überwiegend von Gras bedecktem Gelände. Vereinzelt standen hier und da ein paar Bäume auf freien Flächen.

Bereits am ersten Tag auf allen vieren dachte sie daran aufzugeben. Jede Stelle an ihrem Körper meldete Unbehagen. Bauch, Knie und Ellbogen waren durch die Dauerbelastung wundgeschürft. Die unnatürliche Haltung am Boden sorgte dafür, dass ihr Rücken vor Schmerz einen Beschwerdebrief bei Amari einreichte. Einzig die Hoffnung auf ein besseres Leben gab ihr den Aufschwung, um weiterzumachen. Ihr Voranschreiten war nur im Modus *Stop and Go* möglich. Anfangs kroch Amari so schnell sie konnte. Sobald irgendetwas am Himmel nur zu erahnen war, egal was, verweilte sie still und eingepackt in ihrem

Tarnanzug. Später gestaltete sich ihr Vorankommen um einiges gemächlicher. Sie gönnte sich viele Pausen, in denen sie etwas aß und ihren Körper mit Wasser versorgte. Grundsätzlich ließ sie sich in allem großzügig viel Zeit.

„In der Ruhe liegt die Kraft, wie es immer heißt", sagte sie sich.

Nach den anfänglichen Schwierigkeiten hatte sie nun einen Rhythmus gefunden, mit dem ihr Körper gerade so zurechtkam. So lief das tagein tagaus. Immer am Limit des körperlich Möglichen. Die Methode mit dem Tarnanzug, auf dem Boden kriechend, funktionierte ausgezeichnet. Der negative Effekt dabei war, der Verlust von Respekt gegenüber Bedrohungen von oben. Es war nichts besonders mehr daran still auf dem Boden zu liegen, während ein Schwarm Killervögel über ihrem Kopf ein Luftballett vollführte.

Nach ungefähr einem Monat, der sich für sie anfühlte wie ein ganzes Jahr voll harter, körperlicher Arbeit, verwandelte sich die Umgebung langsam in eine trockene Ödnis. Es fühlte sich nicht an wie hundert Kilometer, ihr Körper war so erschöpft, als hätte er eine astronomische Einheit an Strecke zurückgelegt. Diese ist der Abstand zwischen Erde und Sonne im Mittel und beträgt circa 150 Millionen Kilometer.

Ein Intermezzo mit der Plage hatte Amari schon längere Zeit nicht mehr. Jedoch wurde sie nun von einer anderen Plage begleitet. Einer Müllplage. Eine Deponie folgte der Nächsten. Berge von Müll türmten sich neben ihr auf. Hektar um Hektar. Amari wunderte sich, weshalb es hier bei all den Abfällen keine Vögel auf Nahrungssuche gab. Schließlich achteten sie in ihrer Heimatstadt genaustens darauf, nichts Organisches im Freien zu entsorgen. Geschah so etwas doch einmal, wurden sie spätestens nach einer Stunde von den schwarzen Allesfressern besucht. Bei genauerem Hinsehen war zu erkennen, dass die Abfälle den Nährwert von Papier nicht übertreffen konnten. Die eifrigen fliegenden Raubtiere hatten hier ganz offensichtlich bereits ihr Werk verrichtet und jegliches Essbares verwertet.

Die Wahrscheinlichkeit in dieser Gegend angegriffen zu werden, wurde von Amari als sehr gering eingeschätzt.

So entschied sie sich, als die Temperatur anstieg und es eingepackt in den Tarnanzug immer ungemütlicher wurde, dass es an der Zeit war, erneut den aufrechten Gang zu erlernen. Alles war steif und eingerostet. Ihr Körper erinnerte sich kaum mehr an eine Fortbewegung auf zwei Beinen. Sie musste zuerst einen ganzen Tag rasten bevor sie die Kraft hatte ihr Gewicht mit ihren Füßen zu tragen. Nach einer Stunde im aufrechten Gang, bei dem Amari aussah wie ein verrosteter Roboter, wurden die Bewegungsabläufe langsam flüssiger und geschmeidiger. Wenigstens die letzten Kilometer bis in die Wüste Sahara, konnte Amari wieder normal zu Fuß zurücklegen. Sie war heil froh, dass sie sich nach der anfänglichen Hektik mehr Zeit gelassen und viele Pausen eingelegt hatte. Nur so konnte sie in dieser kurzen Zeit wieder in den natürlichen Gang wechseln.

Nachdem sie die alles abverlangende Prüfung, hundert Kilometer auf dem Boden kriechend zu absolvieren hinter sich gebracht hatte, fühlte sich der Marsch durch die Wüste erstmal wie ein Spaziergang an. Dies änderte sich jedoch schneller, als es ihr lieb war. Tagsüber trockene, siedend heiße Luft und nachts war es bitterkalt wie am Nordpol. Solch extreme Temperaturunterschiede hatte Amari nicht erwartet. Gerade die Kälte, mit der sie nie Bekanntschaft machen durfte, zehrte an ihren Kräften. Ira sei Dank eignete sich der Tarnanzug in den Nächten hervorragend als Wärmespeicher. Tagsüber genügte ihr ein um den Kopf gewickeltes Tuch, welches sie immer bei sich trug.

Sand, nichts als Sand. Jeden Tag. Hier eine große Düne, dort eine kleine. Diese war etwas flacher, die andere wieder etwas steiler. Dünen, Dünen, Dünen. Und der Wind. Durchgehend blies ein sandiger, trockener Wind in Gesicht, Augen und Mund. Den ganzen Tag schluckte sie Unmengen an Sand herunter, der in ihrem Hals festsaß. Ebenso gut hätte sie sich gleich von den kleinen Körnern ernähren können.

In der Ruhe und Einsamkeit der Wüste dachte Amari an ihre Mutter. Zuletzt hatte Amari ihre geliebte Mama vor rund vierzehn Jahren, im Alter von neun gesehen. Jegliches Zeitgefühl ging ihr seit ihrer Abreise verloren, deshalb konnte sie es nicht mehr genau sagen. Die meisten Erinnerungen an ihre Mutter waren über die Zeit verschwunden und es blieben ihr nur einige wenige. Bruchstückartige Fetzen, wie einer von Amaris Geburtstagen, waren jedoch unvergesslich. Obwohl sie kein Geld und wenig zu essen hatten, kochte ihre Mama für sie die geliebte Lieblingsspeise „Ndole“. Es war ein Eintopf mit

Spinat, Zwiebeln, Ingwer, Knoblauch, ein paar Nüssen und dieses Mal sogar mit leckerem, seltenem Hühnerfleisch. Dies war bis heute einer der schönsten Tage in ihrem Leben gewesen. Wo und wie ihre Mama das Fleisch herbekommen hatte, war Amari immer ein Rätsel. Nachdem ihre Mutter den Krähen zum Opfer gefallen war und sie ein paar Jahre an Reife gewonnen hatte, entschlüsselte sich das Rätsel langsam für sie. Die traurige Realität war: Ihre Mutter hatte oft wechselnden Männerbesuch. Als Kind dachte Amari, ihre Mama wäre beliebt und hätte einfach viele Freunde. Dann, als sie die Wahrheit herausfand, war sie zuerst wütend, weil das Bild ihrer fürsorglichen, liebevollen Mutter ins Wanken geriet. Doch ein paar Jahre später konnte sie ihre Mutter verstehen. Sie tat einfach alles für ihre Familie. All die Opfer und Demütigungen, um ihrer Tochter stets etwas zu Essen auf dem Tisch und ein Dach über dem Kopf zu geben. Amari schöpfte, wann immer sie an ihre Mutter dachte, neue Kraft daraus. Wenn ihre Mutter stark genug war, dann auch sie selbst.

„Ich bin ja schließlich ihre Tochter", dachte sie. Und der Apfel fällt nicht weit vom Stamm."

Ihre Mutter war immer herzlich, liebevoll und hatte Amari stets beschützt. Zumindest in ihren Erinnerungen. Bilder von ihrer Mama besaß Amari leider keine. Sie hatte lediglich einen alten Bericht in den Nachrichten, der auf eine Videokassette aufgenommen worden war. Auf dem Band war die tapfere Frau verewigt. Und wieder war sie zu sehen, wie sie für ihre Tochter und ihre Leute kämpfte. Anschauen konnte man diese Videos nur auf einem einzigen Videorekorder, den es in der Stadt gab. Er gehörte einer alten Flamme von Amari, einem technikbegeisterten jungen Kerl, mit dem sie noch ein gutes freundschaftliches Verhältnis hatte. Netterweise borgte er ihr diesen, damit Amari sich den Bericht auf dem Fernseher im Gemeinschaftsraum anschauen konnte. Jedes Mal, wenn sie ihn sich ansah, kamen ihr die Tränen.

Über Amaris Vater hatte ihre Mutter nie ein Wort verloren. Im Nachhinein konnte sie sich selbst ausmalen weshalb.

Wieder zurück mit den Gedanken in der Gegenwart, genehmigte sich Amari durstig, einen kräftigen Schluck Wasser. Dabei war kaum zu übersehen, dass der Wasservorrat nicht mehr allzu üppig war. Welch eine beunruhigende Feststellung mitten in der Wüste. Denn entweder würde sie die Durchquerung der Sahara mit der Menge an Wasser die sie bei sich hatte schaffen, oder ihre Reise und ihr noch junges Leben wären vorbei.

Einige Tage später war es dann soweit und der Supergau traf ein. Das Wasser war ausgegangen. Das letzte, das sie an Essen zu sich genommen hatte und nicht aus Sand bestand, lag bereits drei Tage zurück. Nicht wissend, wo sie sich in der Wüste befand und wie weit sie noch bis zum rettenden Ziel hatte, orientierte sie sich tagsüber an der Sonne und nachts, falls sie einmal im Dunkeln lief, an den Sternen. In Kamerun war es für alle ganz normal, da es kaum Hilfestellung durch Technik gab, über diese zwei Wege zu navigieren. Ihr Durst war mittlerweile so präsent, dass sie an nichts anderes mehr denken konnte. Sie stellte sich schon hinter jeder Düne feuchte Brunnen und schattige Plätze vor, an denen das feinste Festmahl auf sie wartete.

Die Leistungsfähigkeit ihres Körpers war erschöpft und die Reserven konnten keinen dringend benötigten Energieschub mehr aufbringen. Sie wandelte anteilnahmslos, wie in Trance, immer weiter geradeaus, ein Fuß vor den anderen. Ihr Gehirn hatte jede Funktion heruntergefahren und spielte nur noch den letzten bekannten Input in Dauerschleife ab. Sie war am Ende …

Erledigt …

Sie flüsterte leise: „Mama, ich hab dich lieb ...“

Plötzlich erreichte ein leises, sich widerholendes Geräusch ihre Ohren. Die Schübe fühlten sich sehr kräftig an, obwohl sofort auffiel, dass der Ursprung noch weit entfernt war. Eine Düne vor ihr versperrte die Sicht. Mit allerletzter Kraft schleppte sie sich hinauf. Und da sah sie ihn. Den ersten *Bird Booster* den sie in ihrem Leben mit eigenen Augen betrachten konnte. Es war ein eindrucksvoller Turm, mindestens einhundert Meter hoch. Man konnte über die gesamte Entfernung spüren, welche Kraft in den Druckwellen lag, die regelmäßig von ihm ausgingen. Es war kein einziger Vogel am Himmel zu sehen und die Stadt Tarfaya war noch vollkommen intakt und florierte. Unterhalb der Düne sah sie ein riesiges Flüchtlingslager.

„Ich muss mich ausruhen", seufzte sie völlig ausgelaugt ins Leere.

Sie dachte an nichts anderes mehr als ausruhen. Sie konnte vor Durst, Müdigkeit und Hunger nicht einmal mehr ihre gerade vollbrachte Leistung würdigen.

„Ausruhen", seufzte sie erneut.

Sie stapfte Richtung Lager. In den letzten Metern war ihr Körper am Ende und versagte. Sie fiel erschöpft, völlig regungslos die Düne herunter und wurde ohnmächtig.

„Aufwachen Schlampe! Aufwaaachen Abschaum!“

Amari öffnete langsam ihre Augen. Eine wirklich unangenehme Persönlichkeit hatte sich über sie gebeugt. Er roch als wäre das Wort Wasser weit außerhalb seines Wortschatzes und sein Erscheinungsbild schloss sich dem schlechten Geruch an. Narben im Gesicht, eine Säufernase wie aus dem Lehrbuch, schön knollig und groß, kräftig rot mit großen Poren. Seine faulen Zähne wechselten sich mit halbwegs gesunden ab und glichen einem Klavier. Die ganzkörper Gorilla-Behaarung, die durch das offene, schmutzige Hemd wucherte, komplettierte seine Würgereiz auslösende Präsenz.

„Los jetzt, verzieh dich!“, sagte die Person angefressen.

Amari kam wieder vollkommen zu sich und richtete sich auf.

Mit hasserfüllter Stimme rief er aus nächster Nähe in Amaris Ohr: „Die Regierung verpflichtet mich, euch Gesocks für acht Stunden aufzunehmen, aber ich dulde euch keine Minute, was sage ich, keine Sekunde länger. Es sei denn ...“

Amari sah, wie sein perverser Blick an ihr herunter glitt und alles begutachtete.

„Es sei denn du willst dem alten Pete ein wenig helfen Druck abzulassen“, sagte er sabbernd und in Gedanken bereits auf Amari liegend. „Dann kannst du gerne so lang bleiben wie du willst, kleiner Leckerbissen.“

Er schrie so laut das es in Amaris Ohren schmerzte. Auf der Stelle stand sie angewidert aus dem Feldbett auf. Zu ihrer Überraschung fühlte sie sich sichtlich erholt.

Als der alte Pete merkte, dass Amari nicht bereit war mit ihm intim zu werden, fuhr er mit seiner feindseligen Art fort.

„Hier, nimm deine Flasche Wasser und nicht zu vergessen den Laib Brot, den ich verpflichtet bin euch Pennern auszuhändigen", schrie er erneut mit einer üblen Note Mundgeruch in Amaris Gesicht.

Während der „charmante Mann" in ihr Ohr schrie, fiel Amari auf, dass er keine Ohren mehr besaß. Es war, als hätte er sich an Stelle des Hörorgans Metallplatten in die Ohren implantieren lassen.

„Das scheint die Einzige plausible Erklärung für das unangenehme Geschrei zu sein", dachte sich Amari. „Der Kerl ist taub", sagte sie laut, ohne darüber nachzudenken, dass er direkt neben ihr stand.

Er erwiderte jedoch sofort: „Taub schon du Stück Dreck! Aber hier draußen können wir alle von den Lippen ablesen. Also pass auf, was du sagst. Und jetzt raus aus meinem Lager!"

Amari schnappte sich blitzschnell ihre Sachen und verließ in reger Vorfreude, solch schillernde Persönlichkeiten nicht mehr sehen zu müssen, das Flüchtlingscamp. Während sie herauslief und Wasser und Brot genoss, bemerkte sie wie unangenehm der *Bird Booster* geworden war. Schon vorab geschunden von dem Geschrei des netten Herren, schmerzten und pochten die Ohren jetzt erst recht bei jeder Welle des *Boosters*. Höchste Priorität und somit ihr nächstes Ziel, musste der Pod-Händler sein, von dem die verrückte Ira gesprochen hatte. Ansonsten würde sich Amari bei weiterer Annäherung an die Stadt dem Herrn aus dem Lager anschließen müssen und wäre ebenfalls zu einem Leben in Taubheit gezwungen. Im Moment konnte man gerade so noch ohne Pods auskommen.

Amari erkundigte sich bei jedem der ihr über den Weg lief nach Informationen zum Pod-Händler. Mit jeder angesprochenen Person rückte sie dem gesuchten Geschäft ein Stück näher, bis sie am Ende vor der Örtlichkeit stand.

Eine heruntergekommene Wellblechhütte, mit mehreren Anbauten aus unterschiedlichen Materialien befand sich vor ihr. Exakt der Anblick, den Amari aus der Heimat schon kannte. Als sie die Eingangstür passierte bot sich ihr jedoch eine andere Welt. Überall verteilt merkwürdige Gegenstände und selbstgebaute elektronische Geräte. An den Wänden hängend, in den Ecken lehnend, in den offen gelassenen Schränken gelagert und sogar an der Decke an Haken befestigt, sah sie ein Gerät kurioser als das andere. Amari konnte nur vage raten, zu welcher Verwendung diese gedacht waren. Bei ihr zuhause hatte die Welt, aus technologischer Sicht, die letzten 50 Jahre stillgestanden. Öl und Rost dominierte die Oberfläche der meisten dieser Konstrukte. Zum Glück war der *Bird Booster* im Innern der Hütte deutlich angenehmer. Weit hinten am Tresen werkelte ein kleiner älterer Mann mit langen grauen, nach hinten gebundenen Haaren an einem dieser unbekannten Geräte. Er trug ein Hemd und dazu eine passende, saubere

Jeans und war allgemein für die derzeitigen Verhältnisse auffallend gepflegt.

Amari begrüßte den Herrn mit einem freundlichen: „Hallo."

Der Händler wandte sich von seinem Werksstück ab und erwiderte freundlich: „Was kann ich für sie tun, werte Dame?"

„Ich habe in meiner Tasche *Sozial-Pods*, vermutlich selbstgebaut, die ich gerne von ihnen an meinem Kopf angebracht bekommen hätte", teilte ihm Amari mit.

Der Mann schob mit seinem Zeigefinger die heruntergerutschte Brille wieder zurück auf ihren Platz und erkundigte sich mit fragender Miene: „Können sie denn meine Dienste bezahlen?"

Amari wurde blitzartig heiß und sie bekam Panik. Natürlich, es fiel ihr wie Schuppen von den Augen.
„Ich habe gar nichts, um zu bezahlen", ärgerte sie sich. „Ich bin so bescheuert."

Plötzlich fiel ihr noch ein Ass im Ärmel ein, welches aber eventuell keines war.

Sie sagte in der Hoffnung, dass es funktionierte: „Ira schickt mich."

Der Mann sah sie regungslos an, bis er nach einer Weile wie wild loslegte und erzählte: „Ira? Meine wunderschöne Ira. So zart wie ein Röschen. Ich werde sie nie vergessen. Augen von Engeln gestohlen, Haare aus weißer Ghom-Seide und ein Körper, der von den Göttern erschaffen worden sein muss."

Amari fragte sich, ob sie beide die gleiche Ira meinten, da ihre Ira, die verrückte Ira, ziemlich exakt das Gegenteil von den Erläuterungen des Mannes war.
„Solange es mich näher an mein geplantes Ziel bringt ist es irrelevant", dachte Amari und nickte zustimmend mit dem Kopf.

Der alte Herr fuhr fort: „Ja dann meine Liebe sind meine Dienste gratis für sie. Wie könnte ich einer Freundin meiner Angebeteten monetär zur Last fallen. Dann möge sich die junge Dame schon einmal auf den Operationstisch legen und die Gerätschaft ausgepackt bereithalten."

Amari hatte so etwas bereits vermutet aber wiederholte dennoch die Worte mit einem ängstlich fragenden „OP-Tisch? in Richtung des Mannes.

„Ja. Was denken sie denn junge Dame? Das Installieren eines *Social-Pods* erfordert ein Verschmelzen mit dem Körper", erläuterte er. „Der kleinste Fehler bei der Montage und ihr Leben ist gefährdet. Sie werden es ja bereits bemerkt haben, dass die *Bird Booster* eine gigantische Menge Dezibel und Bar in die Umgebung ausstoßen. Sollten sie sich in der Stadt befinden und ihre *Pods* verrutschen versehentlich, war es das womöglich mit ihnen. Für all diejenigen die sich keine *Pods* von *One Industries* leisten können gibt es nur die eine Lösung. Die *Social-Pods* werden in deine Schädeldecke geschraubt."

Amari wurde schlecht als sie den Mann reden hörte. Sie dachte über ihre Optionen nach, aber kam immer wieder zu dem Entschluss es sei eine Notwendigkeit. Sie hatte bereits so viel hinter sich und konnte jetzt nicht einfach aufgeben. Sie legte sich auf den OP-Tisch, packte die *Pods* auf den Tisch und wartete bis der nette Mann zu ihr herüberkam.

„Das gemeine Volk nennt mich übrigens Georg“, sagte er mit ruhiger Stimme.

„Hallo Georg, ich bin Amari“, antwortete sie. „Wenn du schon an mir herumschraubst, sollst du zumindest meinen Namen kennen.“

Er begrüßte sie ebenfalls mit einem „Hallo Amari“ und einem „schön, dich kennenzulernen“. Hat mein Träubchen denn etwas über mich gesagt oder mir etwas ausrichten lassen“, erfragte er vorsichtig.

Amari antwortete mit einem kurzen „Nein“.

Der enttäuschte Blick von Georg tat Amari mehr leid als sie im Vorfeld erwartet hatte. Es war einfach herzerweichend wie vernarrt er in die verrückte Ira war. Georg fuhr trotz Enttäuschung professionell fort und fing an, den bevorstehenden Eingriff zu erklären.

„Also, die *Pods* werden nun genauestens ausgerichtet und dann fest verschraubt“, teilte er ihr mit. „Für den Eingriff gibt es unerfreulicherweise keine Möglichkeit der Anästhesie, was bedeutet, es wird sehr ungemütlich für dich. Aber bisher haben es die Meisten überstanden.“

„Die Meisten?", fragte sich Amari immer demotivierter und voller Angst.

In diesem Moment blickte sie in Gedanken zurück auf alle Steine, die ihr in ihrem Leben bisher im Weg gestanden hatten und wie sie diese Hürden allesamt aus dem Weg geräumt hatte. Sie dachte an ihre Mutter, die so viel opferte für ihre Familie und immer stark geblieben war. Sie sammelte sich, nahm ihren Mut zusammen und befahl selbstbewusst:

„Georg, fang an!"

Georg bemerkte, dass Amari gerade einen Moment der Stärke hatte und machte sich sofort kommentarlos ans Werk. Das exakte Ausrichten der *Pods* war ein Kinderspiel und war fast geschafft.

„Jetzt gleich stellt sich mir ein weiterer großer Stein als Hindernis in den Weg, den ich überwinden muss", dachte Amari und bereitete sich vor.

Georg desinfizierte die betroffenen Stellen mehr schlecht als recht und griff sich seinen Spezialschrauber. Er drehte eine fast ein Zentimeter lange Schraube nach der anderen in den Schädelknochen rund um Amaris Ohren. Eine Schraube war besonders schwierig zu platzieren, da sie in der Nähe des Kiefers verschraubt werden musste und diesen auf keinen Fall beschädigen durfte. Die Schmerzrezeptoren in Amaris Kopf explodierten. Sie war gelähmt vor Schmerz. Sie konnte weder schreien noch zappeln. So etwas hatte sie, trotz reichlich Erfahrung mit

Schmerz, noch nie empfunden. Zwei bis drei qualvolle Sekunden später fiel sie in Ohnmacht.

„Amari!“
„Amari!“
„Amari, meine junge, tapfere Dame, wach auf“, sagte Georg, während er Amari sanft über das Gesicht streichelte. Amari öffnete die Augen. Alles war verschwommen und ihr Kopf dröhnte unaufhörlich.
Georg griff sich den Schlauch der *Social Pods*, an dessen Ende die Atemmaske befestigt war und hielt sie sich vor sein Gesicht, um mit Amari zu sprechen.

„Wir haben den Installationsprozess erfolgreich abgeschlossen“, sagte Georg zufrieden. „Und siehe da, du weilst noch unter uns“, fügte er hinzu.

Amari erkundigte sich noch etwas neben der Spur: „War ich ohnmächtig?“

Georg erklärte in seiner gewohnt ruhigen Art. „Ja, und es ist auch völlig normal. Ich erwähne es nur nie im Vorfeld, da die sowieso schon nervösen Patienten sonst durchdrehen. Kannst du mich denn gut verstehen?“, fragte er.

Amari erwiderte: „Ja, ich verstehe dich ausreichend gut. Es ist nicht wie vor der OP und es ist verdammt ungewohnt. Aber ich kann dich hören.“

„Ab jetzt kannst du Personen nur dann noch hören, wenn sie über diese Maske mit dir sprechen. Biete sie deshalb, der Höflichkeit wegen, stets deinem Gegenüber an.

Amari nickte und sagte: „Ok, verstehe.“

„Du kannst dich mit diesen *Social-Pods* nun innerhalb der Stadtmauern bewegen, erklärte Georg. Ich nehme an, du willst dann weiter nach Gran Canaria?“

Amari beantwortete Georgs Frage mit einem klaren „Ja.“

Georg fuhr fort: „Du solltest, gleich nachdem du es in die Stadt geschafft hast, beim Bootsverleih im westlichen Hafen versuchen. Ich habe aufgeschnappt, dass die Besitzerin des Ladens etwas über ein Loch in der großen Mauer um Gran Canaria weiß. Eventuell kann sie dir weiterhelfen. Und ein Boot brauchst du ja sowieso. Ich kenne die Ladenbesitzerin schon eine Weile und ich weiß, dass in ihrem Geschäft Flüchtlinge immer willkommen sind. Du kannst ihr also vertrauen.“

Amari bedankte sich bei Georg. Unter heftigen Kopfschmerzen, die es Amari erschwerten klar zu denken, stellte sie noch eine Frage die ihr auf dem Herzen lag:

„Ira meinte“, als sie den Namen erwähnte sah sie sofort, wie Georg positiv auf ihn reagierte, „der einfachste Weg in die Stadt zu gelangen, wäre als Händlerin. Hast du eine Idee wie ich das anstelle?“, fragte sie auf einen Tipp hoffend.

Georg hatte seine Ira vermisst. Er konnte an nichts anderes mehr als an seine große Liebe denken. Die Schmetterlinge im Bauch, randalierten förmlich seit Amari zu ihm in sein Geschäft gekommen war und machten ihn anfällig für irrationale Entscheidungen. Wenn nur die kleinste

Möglichkeit bestehen könnte, dass Ira von seinen guten Taten Wind bekommen würde, täte er alles, um zu helfen.

Er schmunzelte und antwortete: „Selbstverständlich meine Teure, nimm dir diesen Wagen dort hinten mit. In ihm sind einige *Social-Pods* die ich ohnehin verkaufen wollte. Ohne eine offizielle Händlerlizenz lassen sie dich nicht rein, aber diese stelle ich dir gleich aus. Damit sollte der reibungslose Einlass in die Stadt gewährleistet sein. Das war mal wieder eine Idee ohnegleichen von meiner Prinzessin", ergänzte er mit einem liebevollen Lächeln und in Gedanken an Ira schwelgend.

„Ach du meine Güte, danke Georg", sagte Amari mit freudigem Gesicht.

Sie konnte kaum fassen, wie gut es gerade für sie lief und wie ausgesprochen hilfsbereit Georg war. Ausgerüstet mit *Sozial-Pods*, Ware für den Verkauf und der dazugehörigen Händlerlizenz verabschiedete sie sich von Georg. Sie wollte diesem netten Mann eine Freude machen und rief ihm beim Herausgehen zu:

„Ach ja, Ira hatte doch kurz erwähnt sie würde dich vermissen."

Einen kleinen Augenblick konnte sie noch in das gänzlich in Freude versinkende Gesicht blicken, bevor die Tür sich schloss und sie sich in Richtung Stadt Tarfaya aufmachte.

Die zermürbenden Kopfschmerzen wollten einfach kein Ende nehmen.

Auf ihrem Weg zur Stadt sah sie merkwürdige Gestalten, die orientierungslos umherwanderten. Einige von ihnen waren dem Tod näher als dem Leben. Ihr begegneten auch ein paar Individuen mit sehr kreativen Lösungen an den Ohren, um sich vor der Power der *Booster* zu schützen. Mit inbegriffen waren die *Pods* von Amari, die ebenfalls sehr einfallsreich waren, unter Ärmeren jedoch recht große Beliebtheit fanden. Es gab diverse Verstümmelungsarten die vor den Toren der Stadt häufig vorkamen. Aber die Krönung unter Amaris Begegnungen war diese eigenartige Frau die zwei Mobilfunktelefone an ihren Ohren hatte. Amari stellte sich die Frage wie das funktionieren soll.

„Was macht die Frau, wenn die Akkus leer sind?" überlegte sie. „Sind die Telefone irgendwie anders in Verwendung und ich verstehe es nur nicht?"

Das Nachdenken über die Sinnhaftigkeit dieser Konstruktion beschäftigte sie bis an die Grenze der Stadt. Ein Schritt im Zuständigkeitsbereich des dort operierenden Sicherheitsdienstes und sofort wurde Amari von zwei Wachen im Außenbereich und einer Wache im gläsernen Kontrollraum begrüßt. Die Sicherheitskräfte überprüften ihre Händlerlizenz und ließen sie anstandslos passieren. Dies war wohl, dank Georg, der einfachste Meilenstein ihrer Reise, den sie soeben erfolgreich gemeistert hatte.

Die gute Laune setzte sich gegen den dröhnenden Kopf durch. Und so arbeitete sie sich mit einem Lächeln ins Stadtzentrum vor. Den *Bird Booster*, der sich nun vor ihr in ganzer Pracht präsentierte, konnte sie über die Haut spüren. Zum ersten Mal in ihrem Leben war Amari in einer intakten, sogar florierenden Stadt. Die Häuser waren meist ohne Schäden, die Geschäfte hatten für ihr Verständnis ein üppiges Angebot und Menschen liefen in Massen im Freien herum.

Was für ein schöner Anblick es für Amari nach all den Strapazen war. Leider wurde die positive Stimmung etwas betrübt. Amari bemerkte bereits nach kurzem Aufenthalt, dass sogar in Tarfaya nur Menschen lebten die vermögend waren oder über einen gesunden Körper, zur harten Arbeit, verfügten. Die Mittellosen mussten, genau wie an allen anderen sicheren Orten der Welt, vor der Stadtgrenze leben. Und wenn man sich die Preise der Waren in den Geschäften ansah, waren die Einwohner täglich 24 Stunden darum bemüht, weiterhin wohlhabende Einwohner der Stadt zu bleiben.

Hilfesuchend wandte sich Amari an einen Passanten, der auf einer Straße ihren Weg kreuzte.

Sie sprach ihn an und rief: "Entschuldigung."

Der Mann ignorierte sie und ging einfach weiter.
Ein zweiter Versuch: "Entschuldigung", gefolgt von einem aufdringlichen Anstupsen.

Der Passant schreckte auf und drehte sich um. Augenrollend und sichtlich genervt versuchte der Fremde, Amari irgendwie zu signalisieren, sie solle ihm doch bitte, falls sie ein Gespräch wünscht, die Maske der *Social-Pods* aushändigen.

„Oh, tut mir leid", sagte sie, als sie die Botschaft des Mannes verstanden hatte.

Der Mann nickte ihr zu, obwohl er wieder mal nichts von dem verstehen konnte das Amari sagte, und vollführte wilde Zeichen mit den Händen.

Amari bot ihm endlich ihre Maske an, die der Passant gekonnt, als hätte er viel Übung darin, über sein Gesicht zog. Im selben Moment streckte er seine Maske vor das Gesicht von Amari. Sie versuchte es dem Passanten gleich zu tun und hielt die Maske fest an ihren Mund.

„Immer diese Neuankömmlinge“, meckerte der Passant in schlechter Sprachqualität, über den Schlauch in Amaris Ohr. „Was kann ich denn für sie tun, nachdem sie mir keine Wahl zur Flucht gelassen haben“, rauschte es in Amaris Gehörgang.

„Entschuldigung“, antwortete Amari gereizt. „Wie sie bereits mit scharfem Verstand aufgedeckt haben, bin ich neu in der Stadt und hatte vergessen, dass sie mich ohne *Pods* nicht hören können.“

Sie atmete tief ein und versuchte die Anspannung in ihr loszuwerden. Die Kopfschmerzen sorgten dafür, dass die Zündschnur bis zum Wutausbruch bei Amari extrem kurz war. Ein weiters tiefes einatmen und sie war in der Lage dem Passanten ruhig und freundlich ihre Frage zu stellen.

„Ich bin auf der Suche nach dem Bootsverleih im Westen der Stadt und kenne mich überhaupt nicht aus“, sagte sie.

„Wie bitte?“ fragte der Fußgänger in lautem Ton und fügte ganz leise: „diese billigen *Social-Pods* der Neu-Ankömmlinge“ hinzu.

Die *Social-Pods* des Mannes bauten im Fundament zwar auf derselben Idee auf, wie es die von Amari taten. Aber im Gegensatz zu ihrem schäbigen alten Gerät, war bei ihm jedes Bauteil vom Feinsten und optimiert. Obwohl diese ebenfalls nur von einkommensschwächeren Menschen der Stadt getragen wurden, bildete er sich offenkundig dennoch etwas darauf ein.

„Ich! Bin! Auf der Suche! nach dem Bootsverleih! Im Westen der Stadt! Und kenne mich überhaupt nicht aus!“, brüllte sie mit allem was ihre Stimme hergab in das Rohr.

Der Mann erwiderte völlig aufgewühlt: „Hören sie bitte auf so zu schreien und ich sage Ihnen wo sich ihr Ziel befindet.

Gehen sie die Straße weiter bis kurz vor den Sperrbereich, dann nach links am Prothesenhändler vorbei. Nach dem Geschäft noch einmal rechts und ihr Ziel befindet sich nach einhundert Metern auf der rechten Seite. Aber ich sage es ihnen gleich: Ohne eine Ablegegenehmigung werden sie die Sicherheitsleute auf dem Wasser direkt wieder nach Hause schicken.“

Amari versuchte selbstbewusst zu wirken und sagte: „Dann ist es ja gut, dass ich eine Genehmigung habe.“

„Oha“, staunte der Passant. „Sie müssen sehr wichtig sein. Wenn das so ist, war es mir eine Ehre, sie getroffen und ihnen geholfen zu haben. Auf Wiedersehn und gutes Gelingen."

Amari verabschiedete sich ebenfalls und versuchte die Wegbeschreibung des Mannes in echte Strecke umzuwandeln.

Sie ging an allerhand Läden vorbei, die sie zum Staunen brachten. Jeden Meter Strecke den sie zurücklegte, erblickten ihre Augen etwas unbekanntes Neues. Roboter-Gliedmaßen, Künstliche Augen, superteure *Social-Pods* und ein Meer aus großen, flachen Bildschirmen auf denen Werbeinhalte zu sehen waren die energisch um Amaris Aufmerksamkeit buhlten.

„Jetzt rechts, dann hundert Meter weiter." Sie versuchte die Wegbeschreibung während des Laufens in ihrem Kopf zu visualisieren.

„Laut den Angaben des Passanten, müsste das Geschäft hier auf der rechten Seite sein", überlegte sie.

Ein paar umherschweifende Blicke später und ihre Augen fanden ein Logo auf dem der Name „Escape Bootsverleih" zu lesen war.

„Welch passender Name", dachte sich Amari amüsiert.

Die letzten Meter zurückgelegt, betrat sie das aus Ziegeln bestehende Gebäude.

Im Inneren inspizierte Amari den Laden genauestens. Sie wollte schließlich nicht von anderen Kunden belauscht werden. Zum Glück war sie die einzige Person im Geschäft. Beflügelt von dem guten Lauf den sie gerade hatte, ging sie auf die sportliche, muskulöse Dame am Tresen zu. Gedanklich in ihrem Kassensturz versunken, bemerkte sie Amaris Präsenz nicht. Auffällig war ihr Kleidungsstil, der dem aus Amaris Heimat ähnelte. Sie trug ein buntes, schulterfreies Kleid das perfekt zu den Perlen in ihren langen, lockigen Haaren passte. Es war schön ein wenig Bekanntes unter all dem Neuen zu sehen.

Ein freundliches „Guten Tag“ wurde von Amari mit einem Lächeln in Richtung Tresen gesprochen.

Keine Reaktion der Frau.

Doch dieses Mal erkannte Amari sofort das Problem. Die *Pods*. Sie machte sich über Gestik bemerkbar und nachdem sie die Aufmerksamkeit der Frau für sich gewonnen hatte, tauschten sie ihre Masken, um miteinander sprechen zu können.

„Ich grüße dich“, sagte die Frau Freundlich. „Ich bin Saruna, mir gehört der Laden hier. Sag einfach offen und frei heraus, was ich für dich tun kann.“

Amari dachte sich: Nun gut, wenn das so ist, dann lege ich mal los. „Hallo, mein Name ist Amari und direkt auf den Punkt gebracht möchte ich mit einem Boot von dir nach Gran Canaria flüchten.“

Erschrocken, mit geöffneten Augen schaute Saruna paranoid umher und flüsterte: „Bist du verrückt, sowas darfst doch nicht einfach frei heraus sagen.“

Amari beruhigte Saruna sofort und erklärte: „Beim hereinkommen habe ich mich nach anderen Personen umgeschaut und ich kann dich beruhigen, wir sind allein. Da ein Freund mir den Namen deines Ladens genannt hatte und mir sagte, ich kann dir vertrauen, sah ich keinen Grund, lästig, um den heißen Brei herum zu reden."

„Puh, hatte fast nen Herzinfarkt", gestand Saruna erleichtert. „Also gut Amari, du traust dich was. Is aber auch nötig, bei dem was du vorhast. Dann will ich mal deinem Beispiel folgen und machs ebenfalls kurz und schmerzlos: Ich helf dir. Ich werd dir ein Boot geben und ich geb dir Instruktionen mit auf den Weg, wie dus schaffen könntest. Kann aber nicht für jeden Flüchtigen gratis Equipment rausballern. Will nur, dass du mir die Kosten deckst. Das Leben hier is echt unentspannt. Ich wills dennoch so locker wie möglich angehen."

Amari wusste, sie hatte kein Geld, aber sie hatte noch die Kiste mit den *Sozial-Pods* dabei. Sie musste nur einen Weg finden, diese erfolgreich und selbstbewusst an Saruna zu vermarkten.

„Tja, das ist kein Problem", sagte sie so als wäre es die Wahrheit. „Hinter mir in meinem Wagen, befinden sich die qualitativ hochwertigsten *Sozial-Pods*, die du je in die Finger bekommen hast. Und wenn du mir hilfst nach Gran Canaria zu kommen, sollen sie dir gehören."

Sarunas Neugierde war geweckt, verflog aber auf der Stelle, nachdem sie den Inhalt des Wagens zu Gesicht bekam.

„Das Zeug is bestenfalls gerade so funktionsfähig“, war die Erkenntnis die ernüchternd aus Sarunas Mund kam. „Puh“, seufzte sie und überlegte eine Weile. „Ok, ich hab nen Vorschlag. Ich nehm den Inhalt von dem Ding als Bezahlung an“, sagte sie und zeigte auf den Wagen. „Dafür musst du dir aber das Boot mit einem anderen teilen. Funktionstechnisch ist es kein Problem, da es für zwei Personen ausgelegt ist. Aber das Risiko auf See entdeckt zu werden, is zu zweit deutlich höher. Rein zufällig hab ich grade einen Kerl am Start, der seit zwei Wochen darauf wartet mit jemandem ein Boot zu teilen. Der Typ kam wirklich mit nem Zettel hier rein auf dem alles draufstand was er wollte. Der Kerl spricht nämlich nicht und hören tut er auch nix. Echt ne arme Seele. Die Entscheidung liegt bei dir.“

„Einverstanden?“, wollte Saruna von Amari wissen.

Amari überlegte und suchte in Gedanken nach möglichen Alternativen.

Immerhin hätte sie gleich ein Boot, dachte sie sich. Da werde ich jetzt nicht anfangen wählerisch zu werden.
Amari teilte Saruna ihre Entscheidung über den langen, isolierten Schlauch der *Pods* mit:

„Einverstanden!“, antwortete sie.

„Top!“, rief Saruna und freute sich über das abgeschlossene Geschäft. „Dann geb ich dir jetzt mal alle Infos und erklär dir die Funktionsweise des Bootes. Und danach gehe ich zu dem Kerl und sag dem Bescheid, dass wir uns um 18 Uhr hier treffen.“

Sie begaben sich in ein Hinterzimmer, in dem sich mehrere Boote befanden und Saruna fing an zu erklären:

„Also hier haben wir dein Fluchtboot. Es is ne Spezialanfertigung, die ich selbst gebaut hab. Das Boot ist flach und kann zwei Personen tragen. Als Antrieb hat es einen kleinen Elektromotor. Er ist fast lautlos und befindet sich unter Wasser. Keine Sorge, der integrierte Akku reicht für drei Mal hin und zurück."

„Seid ihr erstmal auf offener See, patrouillieren dort die Sicherheitsdienste und Polizeikräfte. Jedoch müsst ihr erst direkt vor Gran Canaria mit nem dichten Netz aus Booten des Grenzschutzes rechnen. Sollten sie euch bemerken müsst ihr sofort ins offene Meer springen und diese zwei seitlichen Flügel hier einklappen."

Saruna zeigte auf die Scharniere und die zwei Stifte, die sie lösen müssten, um die Seitenteile des Bootes einzuklappen. Sie musterte aufmerksam Amaris Gesichtsausdruck, um einen fragenden Blick während des Erklärens sofort identifizieren und umgehend offene Fragen klären zu können.

Amari konnte den Ausführungen von Saruna ohne Probleme folgen.

Die Ladenbesitzerin bemerkte dies und fuhr ohne Pause fort: „Tut ihr das, is das Boot im Stande, aufgrund der geringeren Wasserverdrängung, unter die Oberfläche abzusinken, was es den Sicherheitskräften erschweren wird euch aufzuspüren. Hier is das Sauerstoffrohr befestigt."

Sie zeigte auf ein dünnes, rundes Rohr, dass zwanzig Zentimeter über die Sitzfläche des Bootes hinausragte und starrte wieder musternd in Amaris Gesicht.

„Ihr müsst unter das Boot tauchen und warten, bis wer auch immer euch bemerkt hat, aufgibt und außer Sichtweite ist“, erklärte sie weiter. „Atmen könnt ihr währenddessen über dieses Bambusröhrchen. Ich werd euch noch ein zweites dran montieren.“

„Solltet ihr es bis an die große Mauer vor Gran Canaria schaffen, isses notwendig auf die Rückseite der Insel zu gelangen. Sie packte eine Karte aus und markierte eine bestimmte Stelle im Norden der Insel. „Dort befindet sich in zehn Metern Tiefe, direkt neben dem einzigen Doppelwachturm, die Schwachstelle der Mauer. Unten im Wasser, am Fuße der Mauer, schwemmten die Kräfte des Ozeans über die Zeit Material fort und es bildete sich ne kleine Öffnung. Falls die noch da is, habt ihr hier die beste und meiner Meinung nach einzige realistische Chance, auf die Insel zu gelangen.“

„Mächtig viel Informationen“, dachte sich Amari.

Eine Frage beschäftigte sie schon die ganze Zeit:
„Warum hast du es eigentlich bei all dem Wissen welches du hast, nie selbst versucht?“ hakte sie neugierig nach.

Saruna antwortete mit einem selbstgefälligen Grinsen: „Hab ich, ich hatte es sogar geschafft.“

Ein ungläubiges: „Wirklich?“, kam aus Amaris vor Begeisterung geöffneten Mund herausgesprudelt.

„Ja, wirklich“, erwiderte Saruna. „Ich bin wie du mit dem Boot los und konnte die Mauer überwinden. Dann lebte ich eine Zeit lang dort aber ich hab gemerkt, dass es einfach nichts für mich war. Ich hatt mich wohl schon zu sehr ans Leben hier gewöhnt. Mir fehlten der Schmutz und die verrückten Leute. Und es ging mir hier immer gut. Musste nie, wie du Amari, ums Überleben kämpfen. Deshalb hab ich mich eines Tages dazu entschlossen zurückzukehren. Eine gute Sache hatte das Ganze. Nach meiner erfolgreichen Flucht konnte ich mit meinem Wissen bereits drei weitere Flüchtlinge auf die Insel bringen“, erzählte Saruna und wollte Eindruck bei Amari schinden.

Amari dachte darüber nach, ob es ihr ebenso wie der Ladenbesitzerin ergehen könnte. Das rettende Paradies erreicht, aber das Bekannte und Gewohnte vermissend.

„Ach ja! Dem Typen hab ich übrigens schonmal dasselbe erklärt, aber ich glaub der hat nix verstanden“, teilte Saruna mit. „Du solltest es nochmal probieren, wenn wir um 18 Uhr alle hier sind. Nicht das am Schluss noch was schief geht, weil er nich weiß wie das Boot funktioniert.“

Amari nickte und begab sich nach draußen ins Freie. Sie wollte die Zeit bis 18 Uhr unbedingt dafür nutzen, sich weiter in der Stadt umzusehen. Das Durch-die-Gegend-schlendern, war wie Balsam für ihre Seele. Ein Hauch von Sightseeing. So ungefähr müsste sich Urlaub anfühlen, von dem ihr die älteren aus ihrer Stadt schon so viel erzählt hatten. Leider war es ihr nicht möglich, etwas von den unglaublichen Dingen in den Geschäften zu kaufen und auszuprobieren. Mit ausreichend Geld in den Taschen, würde sie sich zuallererst auf die Leckereien auf dem Markt stürzen. Und keine davon auslassen. Die Zeit verstrich auch ohne Geld wie im Flug.

Als der kleine Zeiger auf der sechs stand und der Große die volle Stunde anzeigte, kehrte sie in Sarunas Geschäft zurück.

Kaum angekommen, war auch schon der besagte Mitreisende vor Ort.
Dünn und bärtig, mit dem nötigsten bekleidet so wie die meisten Männer aus den armen Gegenden, beschrieb sein Äußeres am besten.

Amari gab ihm die Hand und sie gingen geschlossen zum Ufer.

„Wow, was für ein Anblick", staunte Amari. Zum ersten Mal in ihrem Leben sah sie das Meer. Es war in der Tat so schön wie alle berichteten. Die Sicht auf die unendlichen Weiten des Meeres weckte ein Gefühl von Freiheit in ihr.

„Aber was ist das?" fragte sie sich.

Als ihr Blick einen Moment in Ufernähe verweilte, bemerkte sie den Müll, der in großen Mengen überall im Wasser trieb und zusammen mit den Wellen an Land gedrückt wurde. Zwischen dem Abfall aus Tüten, Flaschen und diversen Verpackungen war das Wasser mit toten Meeresbewohnern versetzt. Einige der Fische hatten sich in Plastikringen stranguliert andere erstickten eingewickelt in Tüten. An Land bemerkte Amari ein paar tote Vögel und einen der dem Tod gefährlich nahestand. Er war vollkommen abgemagert und torkelte kraftlos umher.

„Das ist hier normal Amari“, erklärte Saruna. „Die Vögel fressen so viel Plastik, welches dann dauerhaft in ihren Mägen bleibt, sodass sie sozusagen mit vollem Magen verhungern.

Ein grauenhaftes Gefühlt war das Einzige, das anstelle von Begeisterung über das Meer bei Amari zurückgeblieben war.

„Der Wellengang is heute sehr hoch“, merkte Saruna an, die sichtlich unbeeindruckt vom grausamen Schauspiel war. „Es wird vielleicht n paar Anläufe brauchen, bis ihrs raus schafft“, sagte sie.

Noch unter Schock stehend über den schlechten Zustand des Meeres, konnte Amari nicht auf Sarunas Worte reagieren. Sie gab sich zwei Minuten, um sich zu sammeln. Anschließend ging sie zum Boot und versuchte herauszufinden, ob ihr Begleiter die Funktionsweise ihres Transportmittels verstanden hatte. Sie bewegte die Klappen, zeigte auf die Sauerstoffrohre und schaute jedes Mal genau in sein Gesicht, um die Reaktion abzuwarten. Der taube und stumme Mann neigte jedes Mal wenn Amari ihn erwartungsvoll ansah seinen Kopf in kleinen, schnellen Bewegungen von oben nach unten. Ein Glück, er musste es doch verstanden haben. Diese Erkenntnis verschaffte Amari ein wenig Erleichterung.

Mitnehmen konnten sie auf See je nur eine Wasserflasche und was sie direkt am Körper trugen. Amari und ihr taubstummer Begleiter schauten sich an und wussten am Ausdruck des jeweils anderen, dass sie bereit waren aufzubrechen. Vorsichtig schoben sie das Boot über das Ufer ins Wasser. Amari winkte Saruna zum Abschied noch ein letztes Mal zu.

Saruna erwiderte die Geste und rief hinterher: „Wenn ihrs erstmal auf die Insel geschafft habt, sind sie gesetzlich verpflichtet euch aufzunehmen. Also viel Glück!"

Keine zwei Meter im Wasser lies der Ozean seine Muskeln spielen und beförderte die Beiden zurück ans Ufer. Der zweite Versuch, war etwas vielversprechender, endete jedoch mit selbem Ergebnis. Im dritten Versuch kippte das Boot und beide landeten im Wasser.

„So jetzt reicht es", fluchte Amari stinksauer.

Voll konzentriert, den gesamten Körper unter Spannung und bereit, auf alles was das Meer ihr entgegenwarf zu reagieren, starteten sie Versuch Nummer vier. Sie wackelten und wirbelten hin und her. Erst extrem stark, dann immer schwächer werdend, bis sie es schließlich auf das offene Meer geschafft hatten. Es dauerte ganze drei Stunden, bis sich das durch Müll und tote Fische verschmutzte Wasser in sauberes verwandelte. Wobei sauberes Wasser nicht zutreffend war. Sobald sie einen genauen Blick wagte, wurde sie weiterhin fündig. Unter der Oberfläche trieben überall, fast unsichtbar, kleine Fetzen aus Plastikmüll umher. Anhand der Sterne gelang es Amari das Boot auf der gewünschten bahn zu halten. Jetzt hieß es Augen offenhalten. Sie waren komplett allein auf dem Wasser und dennoch war die Spannung elektrisierend, kaum auszuhalten. Langsam brachte sie der kleine Elektromotor immer weiter in Richtung Gran Canaria.

Eine ruhige Woche auf offener See war vergangen und plötzlich zeigte ihr Mitfahrer wie wild mit den Händen auf einen Punkt am Horizont. Amari schaute eine Weile suchend in den Bereich, bis auch sie etwas wahrnahm. Beide sprangen sofort ins kühle Salzwasser, klappten die Flügel ihrer schwimmenden Insel ein und tauchten darunter, um dort knapp unter der Wasseroberfläche abzuwarten. Das Atmen über die Bambusrohre erwies sich als deutlich schwerer als im Vorfeld gedacht. Es erwies sich sogar als fast unmöglich. Es musste Sand oder Schmutz in die Öffnung von Amaris Röhrchen gekommen sein.

„Das muss bei den vier Versuchen aufs offene Meer zu kommen passiert sein“, schlussfolgerte Amari.

Amari zog so stark, wie es ihre Lunge hergab an der Sauerstoffquelle, um gerade genug zum Überleben aus dem Rohr zu erhalten. Ein Licht näherte sich langsam.

„Jetzt kommt es drauf an, ich muss unterhalb der Wasseroberfläche bleiben“, sagte sie zu sich.

Sie versuchte ihren Körper irgendwie dazu zu zwingen, weniger Sauerstoff einzufordern. Ihr Körper verweigerte jedoch ihre Forderung und sie wurde bewusstlos.

„So nah am Ziel, still und leise im Ozean geht sie wortwörtlich zu Grunde.“
Dies waren ihre letzten Gedanken.

Hustend, als würden ihre Innereien gleich nach draußen kommen, fand sich Amari oberhalb der Wasseroberfläche auf dem Boot sitzend wieder. Jede Zelle in ihrem Körper verzehrte sich nach Sauerstoff. Ihr namenloser Begleiter klappte gerade wieder den zweiten Flügel des Bootes aus und befestigte ihn.

„Mehr Glück als Verstand", dachte sich Amari wohlwissend, dass ihr der Mann das Leben gerettet hatte.

Sie versuchte sich mit allerlei Zeichen bei ihm zu bedanken, aber sie bekam keine Reaktion von ihm. Nur sein Kopf nickte wie gewohnt, in kleinen, kaum sichtbaren Bewegungen, auf und ab. Was genau geschehen war und wie sie es geschafft hatten, würde Amari vom taubstummen Freund an Bord nie erfahren. Ein Rückschlag, doch das Ziel war nach wie vor im Blick. Für Amari gab es nur die Flucht nach vorn.

Am Morgen des darauffolgenden Tages wurden die beiden von der gigantischen Mauer, die Gran Canaria umgab, begrüßt.

Eine riesige, endlose schwarze Wand erstreckte sich vor ihnen. Aus der Ferne war ein unerwartet hohes Aufkommen an Sicherheitskräften wahrzunehmen. Sie stellten den Motor ab und warteten bis zum Eintreffen der Nacht. Widerwillen entschieden sie sich, den Weg zur Rückseite der Insel unter Wasser anzugehen. Zur Verständigung mit ihm machte Amari mit den Händen eine Art Tauchbewegung, die ihr Retter zum Glück verstand und ihr zustimmend zunickte. Als erstes säuberte Amari das

Bambusrohr, damit sie nicht noch einmal in den Genuss einer Nahtoderfahrung kommen würde. Zügig war das Boot umgebaut und schwamm knapp unterhalb der Wasseroberfläche. Sofort nahmen die Beiden ihre Position unter dem Boot ein. Die Sauerstoffversorgung war diesmal zum Glück zu Amaris Zufriedenheit. In regelmäßigen Abständen huschten Lichter über ihren Köpfen vorbei. Es war eine Tortur, aber zumindest bewegten sie sich in kleinen Schritten in Richtung Ziel.

Es dauerte geschlagene zwölf Stunden die sie unter Wasser verbringen mussten, bis sie auf der anderen Seite der Insel waren. Die nächste Patrouille abwartend, streckte Amari in einem Moment der Sicherheit ihren Kopf aus dem Wasser, um den Doppelwachturm ausfindig zu machen. Er sprang ihr förmlich ins Gesicht. An jedem Dach der zwei Türme waren große, das Meer absuchende Scheinwerfer angebracht. Mit den Kräften am Ende, schleppte sie sich erneut unter Wasser und navigierte das Boot an die - ihrer Meinung nach - richtige Stelle. Die Sonne, die gerade aufging, erwies sich als brauchbarer Freund. Mit dem zusätzlichen Licht konnte sie die Öffnung unter der Mauer nach längerer Suche ausfindig machen. Gerade als sie hinuntertauchen wollte, um sich einen Überblick zu verschaffen, sprang ihr taubstummer Begleiter ins Wasser und schwamm immer tiefer und tiefer in die Nähe der Öffnung. Plötzlich konnte Amari ihn nicht mehr sehen. Sie wartete einige Zeit ab und hoffte auf seine Rückkehr. Aber dies war vergebens. Er kam nicht wieder

„Er hat es sicherlich geschafft“, vermutete Amari in der Hoffnung das sie recht behalten würde.

Die Augen brannten wie Feuer vom Salzwasser, die Lunge war geschändet vom ständigen Atmen durch das Rohr und ihre Muskeln wollten nur noch resignieren. Ihr war klar, dass sie ihren Versuch jetzt starten müsste, da sonst kein quäntchen Kraft mehr in ihr stecken würde. Sie entfernte einen Flügel vom Boot, um sich auf ihm, sobald sie die Mauer überwunden hatte, bis zur Insel treiben lassen zu können. Sie wusste ja nicht wie weit es noch auf der anderen Seite der Mauer bis zum Ufer war. Um längere Distanzen schwimmend zu überwinden, war sie viel zu schwach.

„Ein bisschen Hilfe kann nicht schaden“, dachte sie.

Ihren Kopf über Wasser gestreckt, atmete sie fünf Mal tief und kräftig ein und begann zu tauchen. Mit Seitenflügel im Schlepptau, den sie versuchte so hydrodynamisch wie möglich zu halten, kam sie unter Wasser etwas langsamer voran als normal. Ihre Lungen waren gerade noch in der Lage sie für diesen letzten Tauchgang durch die Öffnung am Grund, mit Luft zu versorgen. Da war er, ihr Weg nach Gran Canaria. Kaum zu glauben, dass sie es fast geschafft hatte. Der Sauerstoff war ohnehin schon knapp und als sie sich durch die Öffnung quetschte, entwich ihr auch noch vor Schreck ein wenig dieses kostbaren Gases. Der Mann, ihr Begleiter und Lebensretter, schwebte regungslos, mit den Bewegungen des Ozeans eins geworden, auf der anderen Seite im Wasser.

„Wiedermal musste ein guter Mann auf der Suche nach einem besseren Leben sterben“, stellte Amari bedauernd fest.

Ihr blieb keine Zeit mehr für Mitleid, ansonsten würde sie dasselbe Schicksal erwarten. Also kämpfte sie. Ein Schwimmzug gefolgt vom Nächsten.

Irgendwann müsste sie es doch endlich geschafft haben, hoffte sie unentwegt.

Ihr Körper kannte an diesem Punkt keine Kompromisse mehr, er wollte Sauerstoff, und zwar sofort. Amari spürte, dass sie nicht mehr weit davon entfernt war, wieder das Bewusstsein zu verlieren. In dem Moment, als sie dachte sie würde es nicht mehr schaffen, erreichte sie die rettende Oberfläche. Instinktiv legte sie sich auf den mitgeführten Flügel des Bootes, der auf dem Wasser trieb. Nur noch zu einem letzten Blick fähig, der ihr die Pracht von Gran Canaria offenbarte und dann fiel sie völlig erschöpft in einen tiefen Schlaf. Das Meer sorgte dafür, dass Amari sicher an einer ruhigen Stelle der Insel an Land gespült wurde.

Kapitel 3:

Pod sei Dank ist das Leben schön

„Ich mach dich fertig", prahlte ein junger, sportlicher Mann lautstark.

Mit einem breiten Grinsen auf dem Gesicht hatte er es sich in seinem gut ausgepolsterten Sessel bequem gemacht.

„Du hast keine Chance", wiederholte er mehrmals.

Das laute Treiben hallte durch das gesamte, überdimensional große Wohnzimmer. Voll konzentriert und voller Zuversicht, es würde für ihn siegreich ausgehen, hämmerte er mit seinen Fingern über das mit vielen Knöpfen versehene Eingabegerät. An seinem rechten Ohr befand sich eine Art Headset, über das er mit einem Freund kommunizierte.

„Niemals!", erwiderte die Person aus dem Headset.

Auf einem Bildschirm, der im Glas eines Fensters integriert war, konnte man eine Person mit einer Waffe in der Hand sehen. Es tauchten regelmäßig Soldaten auf, die bei Sichtkontakt das Zeitliche segnete. Ab und an musste auch die Hauptfigur mit der Waffe den Kürzeren ziehen. Immer wenn dies der Fall war, wurde gejammert und geflucht und das auf höchstem Niveau.

„So ein Quatsch, du hast mich nicht getroffen. Du bist ein Cheater", beschwerte sich der junge Mann.

„Und du bist ein schlechter Verlierer Andres", schallte es jubelnd über das Headset.

Die Mehrspieler Partie des Videospiels war zu Ende und allem Anschein nach hatte der junge Mann mit Namen Andres verloren.

„Lass mich in Ruhe Eddie, ich habe keine Lust mehr“, bockte Andres durch das Mikrofon.

„Du kannst dir ja morgen nochmal eine Klatsche bei mir abholen“, ließ der ruhmreiche Kontrahent verlauten.

Total enttäuscht, da er gerade eine Niederlage wegstecken musste, sagte Andres: „Morgen kann ich nicht, da habe ich doch meine OP.“

Eddie erwiderte: „Ahh stimmt, das war ja morgen. Ich habe es ja schon länger hinter mir. Habe die Babies sogar gerade im Einsatz. Ist die Sprachqualität akzeptabel?“

Andres meinte: „Die Qualität ist einwandfrei! So gut, dass es mir überhaupt nicht aufgefallen wäre, wenn du nichts gesagt hättest. Und wie war es so bei dir?“, erkundigte sich Andres.

„War super entspannt und gar kein Problem“, antwortete Eddie. „Ich bin pünktlich angekommen und sie nahmen mich sofort dran. Mir wurde ein Narkosemittel gespritzt, von dem ich eingeschlafen bin. Gefühlte fünf Minuten später war ich wieder wach, mit neuen *Pods* an meinem Kopf. Ist echt beeindruckend, was diese Dinger alles können. Wir quatschen einfach mal wenn du deine ebenfalls hast.“

"OK, prima, das machen wir. Also dann, Adios und eventuell bis morgen Abend“, kam genervt über Andres Lippen.

Ein weiteres Adios ertönte aus dem Headset und erleichtert konnte Andres es endlich zur Seite legen. Ein tiefes und kräftiges Einatmen gefolgt von einem langsamen und langen Ausatmen gab ihm wieder etwas innere Ruhe zurück. Andres stellte sich vor das Fenster, in dem noch immer die Statistik seiner Niederlagen angezeigt wurde und gab den Befehl: „Bildschirm aus“. Das ungewollte Endergebnis verschwand ein für alle Mal und ein atemberaubender Anblick über Gran Canaria offenbarte sich dahinter.

Dem Herrschaftssitz eines Königs ebenbürtig, lag ihm von hier aus sein gesamtes Reich zu Füßen.

Es war wie immer traumhaft schönes Wetter. Eine leichte, erfrischende Prise wehte durch die Straßen, sowie über das blaue, weite Meer. Auf Meereshöhe weit unten in der Stadt erledigten die gehoben gekleideten Einwohner unbesorgt ihre täglichen Aufgaben. Perfekte Häuserfassaden, an denen es nicht die kleinste Kleinigkeit zu bemängeln gab, flankierten die Straßen von beiden Seiten. Große Häuserblocks, die einst Hotels waren, wurden zu Wohnungen umgebaut und beherbergten nun eine große Anzahl an Inselbewohnern. Tourismus gab es bereits seit einiger Zeit nicht mehr. Mucksmäuschenstille, autonom fahrenden, elektrisch angetriebene Transportkabinen dominierten die Infrastruktur. Sie waren die logische Weiterentwicklung von Autos, die es außerhalb der Mauern der Insel noch zuhauf in *Bird Booster* geschützten Bereichen gab. Diese Kabinen fuhren exklusiv nur auf Gran Canaria, nur für die wirklich Reichen und Schönen. Sie waren weiß, fast rund geformt und glänzend poliert, ähnlich den Kurven von einem Ei. Daher wurden sie treffenderweise auf der Insel auch oft scherzhaft „Eier“ genannt. Von weitem war ein halb fertiger *Bird Booster* zu sehen, an dem gerade eifrig gebaut wurde.

Andres oder Dre, wie er von seinen Freunden genannt wurde, folgte dem Ruf seines knurrenden Magens in Richtung Küche. Die teuersten Geräte, Schränke aus dem edelsten Holz und unbezahlbare Arbeitsplatten aus Marmor waren dort vorzufinden. Das Haus in dem Dre wohnte war im gesamten traumhaft schön und übertrieben teuer. Oben auf einem Berg, in bester Lage mit Panoramablick, erstrecken sich zweitausend Quadratmeter Grundstück mit Pool, Tennisplatz, Air Skate-Park für Hoverboards und weiteren spaßigen Beschäftigungsmöglichkeiten. Auch alle weiteren Räume des Domizils waren makellos, der Ausstattung der Küche ebenbürtig.

Ermöglicht hatte das alles sein Großvater. Dieser war früher einmal ein erfolgreicher Geschäftsmann gewesen, der in Barcelona seine Firma hatte. Das Geschäft war so gewinnbringend, dass alle nachfolgenden Familienmitglieder bis heute noch von dem Vermögen zehren konnten. Kontakt hatte er mit seinem Großvater keinen all zu großen gehabt. Einige Male hatte er versucht mit ihm zu interagieren, während er auf einem der Pflichtbesuche bei seinem Vater war. Da sein Großvater an Demenz erkrankt war, konnte man mit ihm nicht viel anfangen. Und Dre kannte ihn nur nach seiner Erkrankung. Das wahre Wesen seines Vorfahren blieb ihm auf ewig ein Rätsel. Sehr wohl bekannt war ihm das unerschöpfliche Vermögen, von dem Dre und vermutlich noch weitere Generationen, in saus und braus leben könnten.

Es ist anzunehmen, dass ein junger Mann mit solch einem Wohnsitz und seinen finanziellen Möglichkeiten, den sorglosen Traum leben müsste. Entgegen dieser Annahme war Dre aber anzusehen, dass ihn etwas bedrückte. Im Allgemeinen war Dre häufig unzufrieden, gelangweilt und obendrauf kam akut noch eine Portion Nervosität hinzu. Heute war es ihm deshalb nicht danach, das Haus zu verlassen.

Ausgestattet mit einer süßen Leckerei, die seine Stimmung heben sollte, setzte er sich erneut in den bequemen Sessel vor dem Fenster und gab den Befehl: „Bildschirm an“, gefolgt von einem „Insel24 einschalten.“

Gleich zu Beginn, wurde er vom großen Thema der letzten Wochen begrüßt. Auf dem Sender zeigten sie einen Bericht über die bevorstehende erstmalige Ankunft eines riesigen Schwarmes von blutrünstigen Krähen auf Gran Canaria. Eine ruhige Stimme erklärte den Sachverhalt, während die dazugehörigen Bilder das Gesagte untermalten.

„In den nächsten 48 Stunden werden die Vögel zum ersten Mal die Küste von Gran Canaria erreichen“, teilte die männliche Stimme im Fernseher mit. „Bisher hatten wir Glück und blieben von den Ereignissen verschont, die im Rest der Welt stattfanden. Wir rufen deshalb alle Einwohner dazu auf, sich ausnahmslos und schnellstmöglich einen Termin zur Anbringung von Social-Pods *geben zu lassen. Diese sind dringend erforderlich, um nach der, in ungefähr 40 Stunden, pünktlich geplanten Fertigstellung des* Bird Boosters *unserem Alltag wie gewohnt weiter nachgehen zu können.*

„Ja ich weiß", dachte sich Dre. „Deshalb bin ich ja so nervös. Dieses komische Gerät, soll morgen an meinem schönen Kopf. Wie wird das nur aussehen? Hoffentlich finden mich die Frauen dann noch attraktiv."

Im Bericht wurde weiter angemerkt: "Sollten sich einige Inselbewohner unter uns befinden die der Meinung sind, dies sei nicht notwendig, ist dem mit Nachdruck abzuraten. Ohne den Schutz der Social-Pods *ist ein sofortiger, dauerhafter Hörverlust, sowie ein Entfallen des Orientierungssinnes unabwendbar. Die Firma* One Industries *war so freundlich und stellte unserer Insel ein ausreichend großes Kontingent an* Pods *zur Verfügung, weshalb niemand leer ausgehen muss. Die Plage wird von Osten aus eintreffen und wird, laut Prognosen recht zügig, unsere Nachbarinseln einnehmen. Diese waren leider nicht in der Lage, rechtzeitig für Schutzmaßnahmen zu sorgen. Aber keine Sorge, den wichtigsten Personen wurde bereits Asyl innerhalb unserer Mauern gewährt. Dank des* Bird Boosters, *der in Rekordgeschwindigkeit von der Firma* Brasil *errichtet wird, ist kein Vogel fähig, auch nur einen unserer Bürger zu bedrohen, geschweige denn auf Gran Canaria eine Heimat zu finden.*

Ich wiederhole: Bitte lassen sie sich umgehend einen Termin zur Installation von Social-Pods *geben."*

Dre machte sich Sorgen. „Ab morgen muss ich für immer diese *Pods* am Kopf tragen", schwirrte ihm dauernd im Kopf herum.

„Zum Glück bin ich sehr wohlhabend und konnte mir wenigstens ein stylisches Modell aussuchen. Damit bin ich dann zumindest der Looser, der am besten aussieht. Wenn ich dauerhaft etwas am Kopf trage, wie soll da ein erholsamer Schlaf funktionieren? Sind die *Pods* wasserdicht oder muss ich Zukunft eine Schutzhülle überziehen, wenn ich schwimmen gehe? Und was, wenn sie ständig kaputtgehen und ich dauernd zur Reparatur muss."

Es ging ihm eine Frage nach der anderen durch den Kopf.

„Das gefällt mir überhaupt nicht", waren die letzten Worte die Dre, trotzig und übermannt von negativen Gefühlen, in den leeren Raum sprach, bevor er zu Bett ging.

Am nächsten Morgen war er bereits, der Nervosität geschuldet, früh auf den Beinen. Er wackelte noch etwas müde zum Kleiderschrank und ließ sich von der integrierten künstlichen Intelligenz ein Outfit empfehlen. Er zog sich noch fünf weitere Male um und wechselte wieder zurück zur ersten Empfehlung. Die Kleidung musste unbedingt zu seinen dunklen Haaren und braunen Augen passen. Kurz abgecheckt am Spiegel und das Angezogene wurde endgültig für gut befunden.

Es reichte ein kurzer verbaler Befehl: „Fahrzeug bereit machen" und seine Transportkabine wurde automatisch vor der Haustüre geparkt. Nach einem kleinen To Go Frühstück in Form eines Proteinriegels, um die sportliche Statur aufrecht zu erhalten, war er zum Aufbruch bereit. Heut war er gekommen, der große, alles verändernde Tag. Der Eingriff stand unmittelbar bevor. Andres setzte sich in sein Ei, welches mit allen Annehmlichkeiten, die man sich in einem Transportmittel vorstellen konnte, ausgestattet war. Automatisch hatte die Navigations-Software die optimale Route berechnet. Ohne selbst fahren zu müssen machte sich seine Kabine auf den Weg in die Stadt zu seinem Arzt.

Gelangweilt von der Sauberkeit und den architektonisch interessanten Bauwerken der Insel, bevorzugte er das Streaming Programm, das in seiner Kabine zur Verfügung stand. Draußen vor dem Fenster, gab es ja nur intakte Häuser und wohlgenährte Passanten. Und natürlich nicht zu vergessen, die immense Anzahl an Bildschirmen auf denen unentwegt Werbung zu sehen war. Er war ein riesiger Fan von alten Film-Klassikern aus dem Genre der Comicverfilmungen. Der uralte Film „The Batman" aus dem Jahr 2022 gehörte zu seinen absoluten Lieblingsfilmen. Zeit etwas anzuschauen, blieb ihm nicht, da er bereits nach einem kurzen Augenblick sein Ziel erreicht hatte.

Aufgrund der zentralen Steuerung durch ein Programm, konnte das Transportwesen auf Gran Canaria perfektioniert werden. Jede Strecke und ihre dazugehörigen Hindernisse, wie andere autonome Kabinen oder Ampeln, konnten vorausberechnet werden. Diesem technischen Fortschritt zu verdanken, konnten nun große Strecken, selbst im Stadtverkehr, in kürzester Zeit überwunden werden. Und in Zukunft sollten sogar alle Passanten, die zu Fuß unterwegs sind, Bestandteil der Berechnung werden, da die *Pods* standortbezogene Daten mit der KI-Software teilten. Ein

Meilenstein, der dafür sorgen würde, das Verkehrswesen der Insel, so schnell und sicher wie nie zuvor zu machen.

Beim Arzt seines Vertrauens angekommen, blieb er einen Augenblick stehen, um sich zu sammeln.

„Komm schon, zieh es jetzt durch", motivierte er sich. „Es bleibt dir ohnehin keine andere Wahl." Ein abschließendes, lautes „Los jetzt", verließ seinen Mund und er machte sich auf den Weg in das Gebäude.

Innerhalb der Räumlichkeiten des Arztes wurde er sofort freundlich begrüßt und in ein Behandlungszimmer geführt. Ohne langes Fackeln begann die - nach Dre's Meinung - sehr hübsche Gehilfin, ihn für den Eingriff vorzubereiten.

Sie informierte sich lediglich kurz mit den Fragen: „Geht es Ihnen heute gut?" Und: „Haben sie alle nötigen Dokumente unterschrieben dabei?"

Dre beantwortete beide Fragen mit einem klaren „JA" und gleich darauf wandte sie sich eifrig weiter ihren Vorbereitungen zu. Dre war nur einen kurzen Augenblick abgelenkt, da er der ansprechenden Arzthelferin hinterher schaute und plötzlich stand schon der Hauptakteur in voller Montur über in gebeugt. Er sah aus, als wollte er jeden Moment ein Tier schlachten. Völlig eingepackt in weißer Schutzkleidung. Es war nur durch die Brille zu erkennen, dass sich ein Mensch darunter befand. Dre war nicht fähig, den einschüchternden Anblick des Arztes in Unruhe umzuwandeln, da der Mann im weißen Kittel ihm keine Gelegenheit mehr dazu gab.

Dre erhielt eine freundliche Begrüßung, begleitet von den Worten:

„Es tut mir sehr leid, dass wir uns heute so beeilen müssen, aber wir haben ein begrenztes Zeitfenster, in dem wir viele Patienten zu bedienen haben."

Gleich direkt im Anschluss, wurde Dre ein Sedativum gespritzt, welches ihn einschlafen ließ.

Ein Traum:

„Oh nein Mama, ich will nicht zu Papa, der macht mir Angst", bettelte ein kleiner Junge.

„Schatz hör mir zu", sagte die Mutter. „Ich bin leider verpflichtet dich alle zwei Wochen bei ihm vorbeizubringen. Wenn Mama das nicht einhält, dann bekommt sie Ärger oder könnte dich oder sogar euch beide verlieren."

Der Junge konnte das nicht wirklich verstehen und fuhr fort: „Aber warum muss dann Emilio nicht alle zwei Wochen zu ihm?"

„Es ist wirklich eine Schande", sagte die Mutter. „Deinem Bruder ist es nicht mehr möglich zu seinem Vater zu gehen, weil dieser unfähige Idiot, sorry für den Ausdruck Schatz, überhaupt nicht fähig ist auf ein Kind aufzupassen. Das hat nur niemanden von den Gerichten interessiert. Der arme Emilio muss nun seine Zeit in einer Medizinischen Einrichtung verbringen, wo sie alles Nötige haben, um ihm helfen zu können. und ich bin weiterhin verpflichtet dich diesem ..., die Mutter verkniff sich das Schimpfwort, bei ihm vorbeizubringen."

„Ich finde das nicht ok Mama", klagte der Junge. „Immer wenn ich bei Papa bin, sitzen neue, fremde Frauen im Pool oder am Frühstückstisch. Wenn seine Freunde da sind, muss ich das ganze Wochenende allein auf dem Zimmer verbringen und je später es wird desto gemeiner wird Papa zu mir. Er sagt dann immer, wie sehr ich ihn nerve und erzählt lauter schlechte Dinge über dich."

Die Mama des Jungen streichelte mitfühlend seinen Kopf.

„Oh nein Mama“, trauerte der Junge, als ihm ein Mitarbeiter vom Jugendamt mitteilte, dass seine Mutter an einer Krankheit verstorben war. Ohne seine Mutter fühlte sich der Junge allein auf der Welt. Es war ihm nie in den Sinn gekommen, dass er einmal ohne seine geliebte Mama sein müsste. Dieser Umstand erschütterte und verängstigte ihn zutiefst, obwohl er seinen Verlust noch nicht einmal in Gänze realisiert hatte.

„Du wirst nun bei deinem Vater leben“, sagte der Beamte emotionslos und trocken.

Diese Worte waren wie ein Schlag ins Gesicht. Gerade zu seinem Vater, zu der Person bei der er jetzt am wenigsten sein wollte.

„Aber ich will nicht zu meinem Vater“, erwiderte der nun halbwaise Junge in der Hoffnung, dass seine Meinung bei der Entscheidung berücksichtigt werden würde.

„Dein Vater ist dein einziger Vormund“, erklärte der Jugendamt Mitarbeiter. „Kraft des Gesetzes müssen wir dich zu ihm bringen, ob du willst oder nicht. Dort wirst du, bis du auf eigenen Beinen stehen kannst, ein neues Zuhause finden.“

Dem Jungen wurde schlecht. Er war komplett überfordert mit allem. Sein Kopf dröhnte und sein Körper wollte keine einzige Bewegung mehr ausführen. Wie erstarrt ließ er alles Weitere über sich ergehen.

Ohne ein weiters Wort mit ihm zu wechseln, wurde sein gesamtes bisheriges Leben in einen Lastwagen verladen. Zwei weitere Beamte geleiteten ihn zu einem Auto, das ihn bei seinem Vater absetzte.

„Oh Nein Papa!"

„Oder auch nicht Oh Nein?"

Gegensätzliche Gedanken entfalteten sich im Kopf des Jungen. Zwei Jahre voller Gewalt, Beschimpfungen und Einsamkeit musste er in der Obhut seines Erzeugers bereits ertragen. Vor wenigen Augenblicken war sein Vater unter Drogen und Alkohol in den Pool gefallen und rührte sich nicht mehr. Unfreiwillig lag sein Vater regungslos mit dem Gesicht unter der Wasseroberfläche und im Kopf des Jungen wurde ein erbitterter Kampf ausgetragen.

„Soll ich ihm helfen oder soll ich es lassen?", überlegte er angestrengt.

Eine Entscheidung war gefallen. Nach dem anfänglichen Schreck und dem intuitiven Affekt helfen zu wollen, ging er einfach, so wie es sein Vater andauernd zu ihm sagte, auf sein Zimmer und hörte auf zu nerven.

Sein Vater verstarb an diesem Tag in seinem beheizten Pool.

Daraus resultierte ein viel besseres Leben im Heim, in dem er zum ersten Mal nach dem Tod seiner Mutter, ein Quäntchen des Gefühls zurückbekam, wie es sich bei Mama zuhause angefühlt hatte. Nur selten beschäftigte ihn die

Entscheidung, seinem Vater nicht geholfen zu haben. Und so gut wie nie hatte er deswegen ein schlechtes Gewissen.

Mit 18 Jahren verließ der Junge das Waisenhaus und zog in sein prunkvolles Anwesen über den Wolken von Gran Canaria.

Der Traum war zu Ende.

Die Augen öffneten sich einen kleinen Spalt. Umgehend leuchtete jemand mit einer Taschenlampe unangenehm hinein.

„Alles in Ordnung, der Patient erwacht aus der Narkose wie geplant. Die Operation war ein voller Erfolg", teilte der Arzt seiner Assistentin mit.

Andres fühlte sich, als würde er gerade aus einem unheimlich guten und tiefen Schlaf erwachen. Weit und breit keine Spur von Schmerzen oder irgendeiner unangenehmen Begleiterscheinung. An seinen Traum während der Narkose konnte er sich nicht mehr erinnern.

„Einen Spiegel, gebt mir einen Spiegel", rief er lauf.

Er musste sich einfach sehen. War er von nun an entstellt? Halb Mensch, halb Maschine wie in den alten Filmen die er sich immer nachts angesehen hatte.

Die sympathische OP-Hilfe reichte ihm, begleitet von einem freundlichen Lächeln, einen Spiegel. Mit fokussiertem Blick analysierte er das im Spiegel gezeigte Gegenüber. Jedes Detail wurde genauestens erfasst und zu einem Gesamt-Fazit verpackt.

„Gefällt mir“, sagte er selbstbewusst zur Assistentin als sie den Spiegel wieder zurücknahm und meinte damit sie und die *Social-Pods* gleichermaßen.

Niemand im Raum bemerkte, dass Dre gerade ein riesiger Stein vom Herzen gefallen war.

„Das Teil sieht verdammt noch mal cool aus“, schwirrte ihm fast schon euphorisch im Kopf herum.

„Der Herr Doktor hat noch ein paar abschließende Worte“, informierte ihn die Helferin.

„Also, ich kläre sie noch kurz über den Verlauf auf“, sprach der Arzt. „Die Fusion des Gerätes mit ihrem Schädelknochen war erfolgreich. Schmerzen sollten sie keine haben. Ich habe die verabreichte Dosis an Sedativum exakt berechnet.

Mit den nun installierten *Social-Pods* sind sie vor dem *Bird Booster* geschützt, der morgen in Betrieb genommen wird. Auch angenehme Unterhaltungen können sie, wie gewohnt ungestört führen. Ihre *Social-Pods* filtern die extrem lauten Geräusche des *Boosters* heraus und übertragen das Gesagte ihres Gegenübers in Spitzenqualität. Selbstverständlich haben sie auch die Möglichkeit ein Ferngespräch, wie bei einem Telefon, zu führen. Die Firma *One Industries* hat diese Technik bereits über Jahre auf der ganzen Welt erprobt und optimiert. Also seien sie unbesorgt. Zusätzlich gewährt ihnen *One Industries* einen Gratiszugang zu unzähligen Applikationen. Die Steuerung ist über das Augmented Reality HUD möglich. Über eine Direktverbindung zu ihren Augen werden Informationen oder Menüs einfach in ihren Sichtbereich eingeblendet. Ihre *Social-Pods* sind kompatibel mit allen technischen Geräten, welche bei uns auf der Insel im Einsatz sind. Sollten sie in der Zukunft einmal wider Erwarten die Insel verlassen, müssten eventuelle Updates vorgenommen werden.

Aber nun wünsche ich Ihnen erst einmal viel Spaß und bedanke mich für ihr entgegengebrachtes Vertrauen. Bei Fragen können sie sich gerne jederzeit bei unseren freundlichen Damen am Empfang melden."

„Das hörte sich ja an, wie bei einer Werbeveranstaltung der Firma *One Industries*", dachte sich Dre. „Aber warum sollte er woanders hinwollen?"

Seitdem das Fliegen auf der ganzen Welt eingestellt worden war, kam es für Dre auf keinen Fall in Frage, woanders hinzugehen. Mit einem Schiff wäre er Wochen unterwegs. Und selbst wenn er ein Flugzeug auftreiben könnte, wäre das Risiko eines kaputten Triebwerks, verursacht durch Vogelschaden, viel zu hoch. Gran Canaria war für ihn doch schon das schönste Fleckchen auf Mutter Erde.

„Hier will ich nicht weg", bestätigte er sich selbst in Gedanken.

Dre bedankte sich ebenfalls beim gesamten OP-Team und verließ die Praxis.

„Wenn ich schon hier bin, dann mach ich wenigstens noch paar Läden unsicher“, dachte er sich.

Noch nicht einmal den Gedanken zu Ende geführt, und schon hatte er sich im Geschäft nebenan einen fahrbaren Pool gekauft. In diesem Gefährt war es während des Badens möglich von A nach B zu gelangen. Diese Idee schwappte, wortwörtlich von den USA herüber. Dort hatte es schon vor vielen Jahren verrückte Tüftler gegeben, die ihr Auto in einen fahrbaren Pool umgebaut hatten. Die Nachfrage erhöhte sich und mehrere Firmen fingen an, diese mit komplett fertigen Fahrzeugen zu bedienen. Die dekadenten Erfindungen blieben den Insulanern nie lange verborgen. Sichtlich erfreut über diese großartige Investition, war er bereits auf dem Weg in das nächste Geschäft. Mittendrin auf halber Strecke, bemerkte er eine riesige Werbetafel in Bildschirmform, die an einem Gebäude befestigt war. Er erschreckte sich zu Tode als seine *Pods* sich automatisch aktivierten. Die Werbetafel war mindestens einhundert Meter entfernt und dennoch konnte er dem Inhalt folgen, als würde ihm der gigantische Fernseher direkt in sein Ohr sprechen.

„Ab dem 12. April nur auf Canaria Plus. Die komplette Geschichte des Weltrates in einer einzigen Dokumentation. Vom Zerfall der Gesellschaft, über die Wahl des ersten Weltrates und der Einführung lebenslanger Ämter im Namen der Sicherheit für die Welt, bis zu aktuellen spannenden Projekten. Dank dem Weltratsmitglied und One Industries *Geschäftsführer Curtis Chao, der uns tiefe Einblicke hinter die Kulissen gewährte, war es uns möglich*

ein genaues Bild dieser gemeinschaftlichen Errungenschaft der Menschheit abzubilden. Also schalten sie ein."

Begeistert von seinem neuen Spielzeug machte sich Dre auf, zwei weitere Geschäfte um - in seinen Augen - essenzielle Gegenstände zu erleichtern.

Anschließend begab er sich erschöpft auf den Weg nach Hause. Seit Wochen und so auch heute, schnappte er beim Vorbeigehen an den Einwohnern, ein ständiges Beklagen über die bevorstehenden Veränderungen auf.

„Diese doofen *Pods*, die will ich nicht tragen!"

„Warum müssen diese widerlichen Flugratten gerade jetzt zu uns kommen?"

„Als nächstes wollen die noch, dass wir im Tütü herumlaufen."

„Ich bin hierhergekommen, weil ich hier meine Ruhe hab von dem ganzen Blödsinn und jetzt das."

Es war unerträglich, diesem Gemecker zuzuhören. Aber jeder tat es und überall musste man es sich anhören. Es gab kein anderes Thema.

Zuhause angekommen, wollte er eigentlich alle Geräte in seinem Haus mit den *Pods* koppeln und ausprobieren. Zu seinem Bedauern war dies heute nicht möglich, da er am nächsten Morgen wieder seinen unangenehmen wöchentlichen Termin wahrnehmen musste. Auch wenn sein Körper sich vehement gegen das Schlafengehen wehrte, zwang er sich dazu, ins Bett zu gehen.

In wenigen Augenblicken wäre es soweit. Der aller erste *Bird Booster* der Insel würde seine Arbeit aufnehmen und von nun an die Bewohner vor den gefährlichen Vögeln beschützen. Richtig mies gelaunt, wollte er dennoch der Inbetriebnahme des kolossalen Bauwerks unbedingt beiwohnen. Die üble Laune hatte er, wegen seines verhassten Termins, den er soeben hinter sich gebracht hatte. Jedes Mal erging es ihm gleich, aber ihn abzusagen war keine Option. Massen an Menschen waren gekommen und versammelten sich um den gigantischen *Booster* herum. Dre stand ehrfürchtig vor dem massiven Turm. Dieser war um einiges größer als jene, die er in den Dokumentationen und Berichten gesehen hatte. Er kam nicht umhin, das Realisieren eines solchen Mammut-Projekts in einem so kleinen Zeitfenster, mit seiner äußerst selten vergebenen Anerkennung zu honorieren. Unter tobendem Applaus nahm der Weltsicherheitsminister das technische Meisterwerk in Betrieb. Er war im Auftrag des Weltrates vor Ort und alle *Bird Booster* des Planeten befanden sich in seinen Verantwortungsbereich. Die *Booster* waren zwar von der Firma *Brasil* errichtet worden, jedoch lag die endgültige Entscheidungshoheit immer aufseiten des Rates.

Andres spürte, wie der Turm langsam begann seine Arbeit aufzunehmen. Jede Welle, die vom ihm ausgestoßen wurde, brachte gefühlt den ganzen Körper aus dem Gleichgewicht. Die *Pods* schienen tadellos zu funktionieren. Er führte testhalber einige Gespräche mit Besuchern des heutigen Events, obwohl er dazu überhaupt nicht in der Stimmung war. Es war seiner Meinung nach nötig, um die Funktionsfähigkeit der *Pods* auf die Probe zu stellen. Bei seinen Gesprächspartnern, die wohl derselben Ansicht waren, lief er damit offene Türen ein.

Zufrieden mit dem Testergebnis, wollte Dre den Tag an seiner Lieblingsstelle am Wasser ausklingen lassen. Hier konnte er an anstrengenden Tagen neue Kräfte schöpfen. Er fuhr hinunter zum Ufer und durchquerte die blickdichte, schützende Pflanzenfront. Dahinter erstreckte sich ein wunderschöner einsamer Strand aus schwarzem Sand. An zwei prächtigen Palmen war eine gemütliche Hängematte befestigt. Genau hier konnte man die schönsten Sonnenuntergänge erleben. Leider gab es Aufgrund der Klimaerwärmung und dem damit einhergehenden Ansteigen des Meeresspiegels quasi keine Strände mehr auf der Insel. Mit etwas Glück war es möglich, bei Ebbe kleinere Sandbereiche vorzufinden. Aber so schön wie an seinem Lieblingsort, war es nirgends. Gerade als er es sich bequem machen wollte, sah er eine junge Frau bewusstlos am Ufer liegen. Andres eilte sofort zu ihr, um nach Lebenszeichen zu suchen. Wer war die Unbekannte?

Kapitel 4:

Etwas Neues liegt in der Luft

„Hey du."

Nichts rührte sich.

„Hey du, alles ok?"

Besorgt versuchte Dre die Frau wieder und wieder anzusprechen.

„Hey du, aufwachen!"

Er griff sich ihr Handgelenk und suchte nach einem Puls.

Dre versuchte seine Aufregung auszublenden, um konzentriert zu zählen was seine Finger empfingen.

„Ein Glück weilt die hübsche Frau noch unter den Lebenden", stellte Dre erleichtert fest.

Diese Erkenntnis befreite ihm von dem Engegefühl, das auf seiner Brust lastete.

„Was ist das abartige, hässliche Ding, dass sie an den Ohren trägt?", grübelte Dre. „Die arme, arme Frau. Man sieht ja kaum noch, wie hübsch sie eigentlich ist. Hat sie es vielleicht von einem Schrottplatz gestohlen? Aber Warum sollte sie das machen? Wer stiehlt so etwas unästhetisches?"

Mit beiden Händen griff er sich die Schultern und schüttelte die noch immer regungslose Frau.

„Hey du! Aufwachen", rief er erneut.

In dem Augenblick, als sich Dre, um Hilfe zu suchen, nach oben zur Promenade aufmachen wollte, regte sich Leben im Gesicht der Angeschwemmten. Die dunkelbraunen, großen

Augen öffneten sich und er verlor sich einen Moment in ihnen. Er verspürte beim Anblick unmittelbar etwas Vertrautes. Die junge Frau richtete sich auf und schaute sich für einen Moment, orientierungslos um. Nachdem sie sich einen Überblick verschafft hatte, verweilte sie mit misstrauischem Ausdruck auf Dre.

„Wer bist du?“, wollte sie wissen.

„Ähm…, Ich bin Andres, aber nenn mich Dre. Ich habe dich hier bewusstlos vorgefunden und habe mir Sorgen gemacht.“

Die Frau reagierte kein Stück auf die Worte von Dre.

„Offensichtlich hat sie überhaupt nichts kapiert. Oder spricht sie meine Sprache nicht?“, überlegte er.

Die Frau nahm ihre merkwürdige Apparatur in die Hand und hielt es in die Richtung von Dre.

Er wollte unter keinen Umständen Kontakt mit dem Krankheitsüberträger, der sich unerwünscht in seinem Wohlfühlbereich aufhält. Er lehnte dankend ab. Doch die Frau blieb beharrlich und streckte ihm das Ding, das aussah wie etwas das ins Gesicht gehörte, erneut entgegen. Die Neugierde über die mysteriöse Frau, siegte über den Ekel und er hielt sich den Gegenstand vorsichtig vor den Mund.

Er wiederholte noch einmal das eben gesagte: „Ich bin Andres, aber nenn mich bitte Dre. Ich hatte eigentlich vor, hier ein wenig zu entspannen aber habe dich dann hier bewusstlos vorgefunden. Ist alles ok bei dir?“

Die Frau wirkte, als würde sie das was Dre sagte nochmals auf Plausibilität überprüfen.

„Wo ist hier?“, erkundigte sie sich.

Etwas konfus gab Dre die Antwort: Du bist an meinem Lieblingsstrand!?“

Weiterhin sah die Frau ihn mit fragendem, schiefem Blick an, was Dre dazu veranlasste, weitere Details preiszugeben.

„Las Palmas“, fuhr er fort.

Der wissensdurstige Ausdruck der Frau blieb unverändert.

„Las Palmas de Gran Canaria“, fügte er noch hinzu.

Plötzlich änderte sich das Gesicht der Frau in ein fröhliches. Ihre Augen strahlten und sie jubelte laut: „Wirklich!?“

Dre war verwirrt aber bestätigte ihre Frage mit einem klaren „Ja“.

Die Dame sprang auf und fiel Dre erleichtert um den Hals. Freudentränen flossen über ihre Wangen.

„Ich habe es geschafft.“

„Ich habe es geschafft.“

„Ich habe es geschafft“, hörte er sie einige Male in sein Ohr weinen.

Die schwere Last fiel von ihr. Während der gesamten Reise, war sie ständig nur einen Fehler vom Tod entfernt gewesen. Auf dem Weg hatte sie sich keine Schwäche leisten können.

Aber nun am Ziel angekommen, löste sich aller Kummer und Anspannung und verwandelte sich in pure, ehrliche Freude.

Nachdem die Frau ihren Emotionen Ausdruck verleihen konnte, wischte sie sich die Tränen der Erleichterung aus dem Gesicht. Endlich stellte sie sich vor:

„Hallo Andres, sorry, ich meine Dre. Ich bin Amari. Es tut mir leid, dass ich so lange gebraucht und mich nicht vernünftig vorgestellt habe. Ich bin noch total neben der Spur, von meiner langen Reise. Ich bin aus Kamerun aufgebrochen, um hierher zu gelangen. Ich musste zu Fuß bis nach Nigeria. Musste dann hundert Kilometer Strecke im kriechen zurücklegen. Musste ohne Fortbewegungsmittel eine Wüste durchqueren und zu guter Letzt, musste ich mit einem einklappbaren Mini-Boot aufs offene Meer fahren. Das alles, um hier bei dir im Sand zu stehen. In den letzten Monaten, ich weiß nicht mal mehr wie lange ich unterwegs war, gab es nur ein Ziel in meinen Gedanken. Nachdem ich all diese Hürden hinter mir gelassen habe, hast du mir soeben mittgeteilt, dass sich mein Traum verwirklicht hat. Das war die schönste Unterhaltung, die ich je in meinem Leben geführt habe.“

In diesem Augenblick hatte Dre zum ersten mal in seinem Leben, zweimal an einem Tag, seine Anerkennung vergeben. Er konnte in Wirklichkeit zwar überhaupt nicht nachvollziehen, was Amari durchmachen musste, aber es hörte sich für ihn unheimlich respekteinflößend und aufregend an. Geschichten wie aus einem Roman, dachte er sich. Obwohl er noch nie ein Buch gelesen hatte.

„Jetzt habe ich aber mal eine Frage“, sagte Dre verschmitzt. „Was ist das für eine hässliche Gerätschaft auf deinem Kopf? Sie lenkt total von deinen wunderschönen Augen ab.“

Ein geschmeicheltes „Danke“ war das erste was Amari loswerden musste, bevor sie leicht gerötet antwortete:

„Die Technikrevolution aus dem Hause Ira“, sagte sie ironisch, als würde sie Dre etwas verkaufen wollen. „Nein, Spaß beiseite. Das sind meine *Sozial-Pods*, korrigierte sie sich in etwas ernsterem Ton.“

Als Dre das hörte, musste er kurz schmunzeln, da er noch nie jemanden so altbacken den Namen der *Social-Pods* aussprechen gehört hatte.

„Das hört sich ja null Komma null stylisch an“, lästerte er in Gedanken.

Er konnte es sich nicht verkneifen, mit einem perfekt ausgesprochenen *Social-Pods* besserwisserisch zu korrigieren.

Amari hatte kurz den Faden verloren und setzte fort: „Ähm ok, meinetwegen *Social-Pods*. Also dies sind meine *Social-Pods*, die ich von einer netten Freundin bekommen habe. Ich weiß sie sehen schrecklich aus, aber sie funktionierten jederzeit einwandfrei. Dort wo ich herkomme, fehlen uns die Mittel für kostspielige Schutzausrüstung.“

„Diese Dinger sind *Social-Pods*?“, rief Dre überrascht. „Oh weh, oh weh. Um die Welt steht es wohl doch um einiges schlimmer, als ich dachte. Ich mach dir einen Vorschlag. Ich nehme dich mit zu mir nach Hause. Dort kannst du dich erstmal ein wenig von deinen Strapazen erholen. Ich versuche währenddessen ein paar Kontakte spielen zu lassen, um dir gleich morgen so heftige *Pods* wie meine zu organisieren. Natürlich auf meine Rechnung, versteht sich."

Dre wirkte, als hielte er gerade eine Rede im Parlament, um Wähler zu gewinnen.

„Vielen Dank, das hört sich ja prima an und ist richtig lieb und großzügig von dir. Ich weiß gar nicht, was ich sagen soll. Vielen Dank", sagte Amari überwältigt. „Aber warum machst du das? Wir kennen uns doch überhaupt nicht?"

Dre antwortete angeberisch: „Weiß nicht, hab einfach Lust dazu. Und das bisschen Geld ist nicht der Rede wert. Also lass uns mal hoch zur Straße gehen."

Dre nahm sie bei der Hand und führte Amari nach oben zur Promenade.

„Hier lebst du?", rief Amari fassungslos. „So etwas habe ich noch nie gesehen. Ich dachte Tarfaya ist schon traumhaft schön."

„Tarfaya? Dieses Drecksloch?", lästerte Dre erneut in Gedanken. Aber laut antwortete er nur: „Ja, hier ist mein Zuhause."

Amari sah die sauberen Straßen, von denen man förmlich essen konnte. Die perfekten Fassaden der Häuser, die wirkten, als wären sie gemalt. Amari staunte über ein Meer aus flachen Bildschirmen, auf denen gerade ein *One Industries* Werbespot lief, der einen Mann namens Curtis Chao beim Prahlen zeigte. Als ein leeres Ei an ihr vorbei rauschte, erschreckte sie sich fast zu Tode. Die beiden liefen ein Stück an der Promenade entlang. Überall am Wegesrand genossen Katzen die warme Sonne, während sie sich in den Blumenbeeten ausruhten. Sie waren alle bestens genährt, besser als die Einwohner von Amaris Heimatstadt. Etwas weiter traute sie ihren Augen kaum. Ein Marktplatz erstreckte sich vor ihr. Übersät von Ständen mit dem größten Angebot an frischen Waren, die sie je gesehen hatte. Frisches Obst, leckeres Fleisch, die feinsten Kleidungsstücke und überall Dinge, die sie nicht kannte. Dagegen wirkte alles, was sie in Tarfaya gesehen hatte, nicht besonders appetitlich und heruntergekommen.

Sie liefen an einem Fischstand vorbei, aus dem ein Verkäufer rief: „Die frischesten Fische der ganzen Insel. Nur hier bei mir. Für jeden Geschmack den richtigen, selbst für die, die keinen Fisch mögen. Heute im Angebot: Dorade, bereits frei von Plastik."

Amari sah, dass es von jeder Sorte jeweils immer eine unbehandelte, etwas billigere, und eine teurere Version, frei von Plastik gab.

Nachdem sie eine Weile spazieren waren, bestellte Dre, über eine Applikation der neuen *Pods*, einen fahrbaren Untersatz für zwei.

Während der Fahrt war Amari von wirklich allem begeistert. Sie durchlöcherte Dre mit Fragen, bei denen er ihr nicht eine Antwort schuldig blieb.

Kurz vor der Ankunft bei Dre bemerkte sie quadratische Konstruktionen an den Hängen der Insel.

„Was für Gebäude sind das?“, erkundigte sie sich.

Dre antwortete: „Das sind Gewächshäuser. Die sind überall auf der Insel verteilt. Da wir keine Nahrung vom Festland bestellen können und die Insel nicht besonders viel fruchtbaren Platz bietet, wurden diese gebaut, um die Nahrungsversorgung sicherzustellen.“

Amari dachte eine Weile darüber nach, wie viel Geld so ein Gewächshaus kosten würde, und dass mehrere von diesen in ihrer Heimat die Nahrungsknappheit ausmerzen könnten.

Am Zielort angekommen blieb Amari sofort nach dem Aussteigen wie eingefroren stehen. Sie setzte sich auf den Boden, ihr Kopf neigte sich nachdenklich nach unten und sie atmete bedrückt aus.

„Was ist los?“, erkundigte sich Dre.

Sie wusste, dass es der junge Mann nur gut mit ihr meinte, aber sie konnte nicht anders, es musste aus ihr heraus.

„Wie kann es sein, dass die ganze Welt nichts zu essen hat, Durst leidet, einen täglichen Überlebenskampf führt und ihr alle hier, insbesondere du, solch einen dekadenten, verschwenderischen Lebensstil führt. Das ist doch nicht fair“, schimpfte Amari. „Wenn ich an die Menschen in der Stadt aus der ich komme denke wird mir richtig schlecht, während ich auf dein Haus schaue.“

Dre, der einen Moment, der ehrlichen Selbstreflektion hatte, antwortete: „Es ist wirklich schrecklich und tut mir wahnsinnig leid. Wir hatten einfach das Glück, in dieses Leben hineingeboren zu werden. Die meisten hier auf der

Insel, mich inbegriffen, wissen gar nicht wie es ist, in einem anderen Teil der Welt aufzuwachsen. Ich gebe dir Recht, es ist unfair und dem ist auch nichts mehr hinzuzufügen."

Amari richtete sich wieder auf ihre Beine und ging zur Haustür.

In der Mitte der Strecke drehte sie sich kurz um und sagte neckisch: „Naja, jetzt gehen wir erstmal rein und lassen mich ankommen. Vielleicht finden wir ja einen Weg, den Menschen und Tieren da draußen ein wenig zu helfen oder, Dre?"

Es folgte keine Antwort auf Amaris Aussage. Aber Dre hatte die Botschaft zur Kenntnis genommen.

Amari wollte keine Sekunde verlieren, um damit zu beginnen, Unterstützung für Menschen in Not zu mobilisieren. Sie hatte den Eindruck, sie könnte Dre eventuell dazu bringen, ein wenig Gutes mit seinem Vermögen zu leisten. Er wirkte auf sie, als sei er ein guter Mensch.

„Aber gut Ding braucht Weile", sagte sie sich und nahm sich vor, ein wenig Tempo aus ihrem forschen Vorgehen zu nehmen.

In der Villa angekommen, erwies sich der junge Mann als ein hervorragender Gastgeber. Sie bekam üppig zu essen, einen edlen Tropfen zu trinken, neue Kleidung und ein königliches Schlafgemach. Nach all den neuen Eindrücken des Tages, war Amari nicht mehr in der Lage, auch nur einen weiteren zu verarbeiten. Sie begab sich, mit den Kräften am Ende, in ihr Bett.

Dre versuchte währenddessen seine Beziehungen spielen zu lassen. Ein paar Anrufe später, klopfte er bei Amari an die Tür. Die erschöpfte Frau, die eigentlich schon eingeschlafen war, öffnete total neben der Spur die Tür. Vor ihr stand ein Dre mit stolz geschwellter Brust, der ihr ruhmreich mitteilte, dass er ihr für morgen Nachmittag, einen Termin zur Anbringung von *Social-Pods* organisiert hatte. Nicht mehr fähig dies angemessen zu würdigen, beendete sie das Gespräch mit einem leisen:

„Danke."

Anschließend knallte sie ihm die Tür vor der Nase zu. Dre erhoffte sich mehr Begeisterung, er hatte ja schließlich sein gesamtes Repertoire an Möglichkeiten für den Termin ausgereizt. Enttäuscht, begab er sich ein wenig später, ebenfalls in das Land der Träume.

Die Nacht schaffte wieder freien Platz für neue Eindrücke, in Amaris Kopf. Staunend untersuchte sie am nächsten Tag, jede Ecke des Anwesens. Nachdem sie den ganzen Morgen mit Erkunden beschäftigt war, musste Dre, entgegen seiner Natur, die Spaßbremse spielen. Es war an der Zeit sich auf den Weg in die Stadt zu begeben, um aus Amari einen vollwertigen Bürger Gran Canarias zu machen. Denn so etwas wie Pässe gab es schon lange nicht mehr. Die Identität der Einwohner wurde über die technischen Geräte, die auf der Insel ausgiebig im Einsatz waren, ermittelt und erfasst. Laut dem Weltrecht, beschlossen vom

Weltrat selbst, bekam jede Person automatisch mit Betreten der Insel Asylrecht. Deshalb sorgten die Politiker von Gran Canaria dafür, dass dies so gut wie nie geschieht. Sie errichteten die große Mauer um die Insel und gaben Unsummen an Geld für Sicherheitspersonal aus. Amari musste sich lediglich ein ID-Konto über ein Inselnet fähiges Device erstellen. Zu ihrem Glück waren sie gerade auf dem Weg ihr solch ein Gerät zu besorgen.

„Schlimmer als meine OP in der Wüste kann es ja nicht werden“, beruhigte sich Amari.

Sie betraten die Praxis und wie schon bei Dre‘s Eingriff nahm der perfekt durchchoreographierte Ablauf seinen Gang. Wegweisung zum Behandlungszimmer, Fragen beantworten, plötzliches Erscheinen des Arztes und ruck zuck war Amari weggetreten.

Der Doktor unterhielt sich während des Eingriffs mit seiner Assistentin.

„So was haben wir denn hier?“, fragte er, die Antwort bereits wissend. „Eigenbauten zum Schutz vor den *Boostern*. Diese *Pods* sind ganz typisch für Flüchtlinge. Bitte bringen sie mir den Extractor, bat er seine Kollegin.“

Der Extractor wurde bei Sonderanfertigungen verwendet und ermöglichte, ein weniger Schaden verursachendes Abnehmen von speziellen Sonder-Schutzvorrichtungen der Marke Eigenbau. Durch ein hochtechnisches Verfahren wurden die Metallschrauben im Schädel erhitzt, geschmolzen und abgesaugt, ohne den Knochen weiter zu schädigen.

„Phase eins haben wir abgeschlossen“, informierte der Arzt seine Assistentin. „Bringen sie mir bitte die neuen *Social-Pods*.“

Von nun an ging es schnell. Die neuen *Pods* schmiegten sich wie von selbst, an die feinen Gesichtszüge von Amari und verschmolzen mit dem Schädel.

„Installation war erfolgreich, wir können die Patientin wecken. Die *Social-Pods* bitte starten, um die Ersteinrichtung vorzunehmen“, delegierte der Mediziner.

Ein ganz neues Gefühl von Tragekomfort und Audiogenuss überraschte Amari, nachdem sie aus der Narkose erwachte.

Ein unbeschreibliches Wow-Gefühl, dominierte über allem anderen in ihrem Kopf.

Sie hatte niemals mit solch einem Unterschied gerechnet. Obwohl bei ihr ein größerer Eingriff nötig war, kamen keinerlei Beschwerden auf.

Der Arzt hielt sein übliches Abschlussplädoyer und sie verließ die Praxis.

Draußen erwartete sie Dre.

„Du siehst wirklich hammer aus“, lobte er sichtlich angetan, als er Amari mit ihren neuen *Pods* sah.

Amari bedankte sich schüchtern und war geschmeichelt.

„Wie fühlt es sich für dich an?“, fragte Dre neugierig.

„Unglaublich!“, antwortete sie. „Ich fühle mich wie ein neuer Mensch.“

„Schau dich an, dass bist du auch. Und jetzt können wir die Stadt unsicher machen, wenn du möchtest", schlug Dre vor.

Amari stimmte der Stadtsause voll Vorfreude zu, obwohl sie noch nicht genau wusste, was auf sie zukam.

„Aber zuerst müssen wir noch eine ID für dich erstellen, damit du eine gültige Aufenthaltsgenehmigung bekommst", erklärte Dre. „Bestätige bitte kurz, den Fernzugriff durch mich, dann bereite ich alles für dich vor."

Nach anfänglichen Schwierigkeiten sich zurechtzufinden gab Amari die Erlaubnis für den Fernzugriff und Dre kümmerte sich wie versprochen um die Formalitäten.

Einen Augenblick später sagte er: „So, jetzt brauche ich nur noch deinen Nachnamen."

Amari beichtete ein wenig beschämt: „Ich habe keinen Nachnamen. So etwas gibt es bei uns in Kamerun nicht mehr, weil es unnötig ist. Namen existieren nur, um Menschen gezielt ansprechen zu können. Einige gaben sich selbst einen Namen ihrer Wahl, andere benutzten wie ich, einen, den ihre Eltern vergaben."

Dre erwiderte: „Dann hast du jetzt die einmalige Gelegenheit und darfst dir einen aussuchen."

Amari überlegte eine Weile, welchen Namen sie gerne haben würde. Dann erinnerte sie sich an den Herrn aus ihrer Stadt, der gebrochen Italienisch sprechen konnte.

Jedes Mal wenn er sie traf, erkundigte er sich bei ihr mit den Worten: „Hast du jetzt schon einen guten Mann gefunden?"

Immer antwortete Amari ihm, dass sie keinen Mann bräuchte.

„Amari e‘ una Donna libera“, sagte er daraufhin.

Was so viel bedeutet wie, Amari ist eine freie Frau.

Amari drehte sich zu Dre und teilte ihm mit: „Amari Libera, so möchte ich heißen.“

Dre, der sich nicht für die Bedeutung des Namens interessierte, führte den Wunsch sofort aus.

Er verkündete mit festlicher Stimme: „Herzlich willkommen auf Gran Canaria, Frau Amari Libera.“

Amari Libera, wie sie von nun an hieß, war überwältigt von freudigen Emotionen. Als frischgebackene Inselbürgerin, kaufte Dre ihr zur Feier des Tages neue Kleidung. Das Ergebnis konnte sich sehen lassen. Als sexy Klon eines waschechten Inselbewohners, gliederte sie sich perfekt ins Kollektiv ein. Die beiden hatten viel Spaß beim Anprobieren, von teils auch absurden Outfits. Amari kombinierte wie wild alle möglichen Kleidungsstücke und präsentierte sie Dre. Zwischen den verschiedenen Outfits gab es leckeren Champagner und Kaviar. Die Beiden lachten bis der Bauch schmerzte. Amari konnte ihr Glück kaum fassen. Einen befreienden Moment wie diesen, voll ehrlichem Spaß, hatte sie noch nie erlebt.

Das nächste Ziel war ein Virtual Reality Freizeitpark. In diesem war es möglich, sich in einem digitalen Setting seiner Wahl, frei zu bewegen und dieses zu erkunden. Zur Auswahl standen zum Beispiel die Ära der Dinosaurier inklusive

Meteoriteneinschlag, ein Indianer Setting, die wunderbare Welt des Meeresgrunds, indem es möglich war, in den Tiefen des Meeres umherzulaufen, und Szenarien auf verschiedenen Planeten wie dem Mars.

Aber Amari und Dre entschieden sich für das Mond-Szenario. Dank der geringen Schwerkraft waren sie in der Lage, sich hüpfend auf dem Mond fortzubewegen. Es war ein Riesenspaß. Am schönsten aber war die Aussicht vom Erdtrabanten aus auf unseren blauen Planeten, die einen bescheiden werden ließ.

„Alles was wir kennen und jeden den wir Lieben befindet sich auf dieser Kugel“, sagte Amari demütig.

„Schau mal, ich kann die gesamte Existenz der Menschheit, hinter einem Finger verschwinden lassen“, sagte Dre und verdeckte die Erde mit seinem Daumen.

Beiden wurde bei diesem Anblick klar, dass dieser zerbrechliche, wunderbare Planet um jeden Preis geschützt werden muss.

Amari stand nicht kurz vor dem Kulturschock, sondern vor einem Kultur-Herzstillstand.

Als Nächstes machten sie sich auf den Weg in einen Streichelzoo. Es war unbegreiflich für Amari. Echte lebende Tiere, die man streicheln und füttern konnte. Die einzigen lebenden Tiere, die Amari kannte, waren blutrünstige Krähen. Sie besuchte ein liebenswertes Tier nach dem anderen. Es gab Hunde, Ziegen, Pferde und sogar Kamele. An einem Wasserbecken durfte Amari sogar ein Krokodil mit Fleisch füttern. Ein unvergessliches, einmaliges Erlebnis.

Gerade als Amari einem Schaf den Hals kraulte, fehlte plötzlich irgendwas. Amari und Dre, der es auch bemerkte, schauten sich gegenseitig fragend an. Beide vermissten auf einmal ein bestimmtes Gefühl. Nach einer stillen Phase des Grübelns, schrie Dre ohne Vorwarnung, panisch, mit weit aufgerissenen Augen auf:

„Ach du Scheiße! Der *Bird Booster* hat den Geist aufgegeben."

Im selben Moment schalteten alle Bildschirme der Stadt auf eine Notfallmeldung um.

„Bitte begeben sie sich umgehend nach Hause. Wir haben einen technischen Defekt am *Booster*. Unser Reparaturteam ist bereits dabei, das Problem ausfindig zu machen und zu beheben. Ab jetzt muss jederzeit mit einem Vogelschwarm gerechnet werden.

Amari rutschte das Herz in dies Hose. Sie war so weit gereist für ein besseres Leben und gerade als sie ihre Sicherheit in vollen Zügen genossen hatte, holte sie ihre Vergangenheit ein.

Dre fackelte nicht lange und ließ eine Transportkabine vorfahren.

„Wir müssen sofort zu dir nach Hause", bat Amari mit Nachdruck.

„Ja, ich bin schon dabei", fauchte Dre gestresst zurück.

Zum ersten Mal ließ das Ei auf sich warten. Der Grund war simpel: Die gesamte Insel ließ sich ihre ovalen Taxis zur selben Zeit kommen. Der Zentralcomputer, der die Kabinen steuerte, agierte am Kapazitätslimit, welches in einer noch nie dagewesen Verspätung resultierte. Nervös, mit den Augen am Himmel klebend, warteten beide auf das rettende Gefährt. Endlich sah Dre sein Ei in der Ferne, oben vom Hügel herabfahrend. Als es vor ihnen stand, stiegen sie blitzschnell ein. Sie fühlten sich, als würden sie verfolgt werden. In Höchstgeschwindigkeit wurden sie vor Dre's Zuhause abgesetzt. Sie eilten sprintend in das Domizil. Amari war Dre stets dicht auf den Fersen. Im Wohnzimmer öffnete Dre eine Klappe in der Wand und betätigte einen roten Knopf. Ein stabiles Titan-Gitter in Maschenoptik, bewegte sich langsam, schützend vor jede Fensterfront.

„Ein Glück, dass ich beim Bau des Hauses, das Sicherheitspaket mitbestellt habe", sagte Dre erleichtert.

Amari war wirklich beeindruckt von dem Haus und dessen Sicherheitspaket. Sie fühlte sich, trotz bevorstehender Vogelinvasion, so sicher wie noch nie. Gemeinsam warteten sie auf die Ankunft der fliegenden Raubtiere.

„Hast du sie überhaupt schonmal gesehen?" wollte Amari von Dre wissen.

„Nur im Fernsehen", antwortete er und richtete seinen Blick beschämt zu Boden.

„Sie werden in riesigen Schwärmen kommen, erklärte sie ihm. „Sie werden sich auf alles stürzen, was essbar ist. Werden dich bei lebendigem Leibe fressen, wenn du es nicht rechtzeitig in Sicherh..."

Kurz vor Beendigung des Satzes entdeckte Amari etwas Schwarzes am Himmel, das sich rasch ausbreitete.

Dre überblickte von seinem Zuhause aus die gesamte Stadt und konnte seine Augen nicht mehr abwenden.

„Sie kommen“, sagte Amari mit zitternder Stimme.

Alle schlimmen Erinnerungen an die Plage, kamen wieder in ihr hoch ...

Im ersten Moment ein kleiner dunkler Fleck, wurde aus diesem im Nächsten ein fliegendes Meer. Allem, das vom Schwarm berührt wurde, entwich sofort das Leben. Zuerst holten sich die gierigen Tiere alles an Nahrung von den wenigen offenen Anbaufeldern der Insel. Dann sah Dre, wie die eben liebevoll gestreichelten Tiere, noch während dem Grasfressen, in Stücke zerfetzt wurden. Überall in der Stadt begann es zu rauchen und vereinzelt zu brennen. Die beiden wurden Zeugen davon, wie Einwohner in die Lüfte befördert und dann in einem Kunststück, während des Fliegens, mit den Schnäbeln zerkleinert und verspeist wurden. Sie kamen näher. Der schwarze Tod griff fahrende Transportkabinen an, wovon einige durch die Attacken in die Tiefe stürzten.

Amari kam es merkwürdig vor.

Nach einem unfreiwillig gemeinsamen Leben mit den Krähen, wirkten sie diesmal fremd und irgendwie organisierter.

Die schwebenden Todeswellen, bestehend aus Krähen, erstreckten sich wie ein tobender Orkan auf See, über den Köpfen der beiden. Nun waren sie am Haus von Dre angekommen.

Viele der Krähen, waren getränkt mit frischem Blut und fügten dem dunklen Himmel ein nach einem blutigen Gemetzel aussehendes Rot hinzu. Alles außerhalb der schützenden vier Wände war in wenigen Augenblicken verwüstet. Sie versuchten sich das frische Fleisch, welches sie durch die Scheibe präsentiert bekamen, einzuverleiben. Ein Vogel nach dem anderen attackierte mit seinem scharfen, massiven Schnabel das Gitter. Amari wurde etwas klar und sie teilte es Dre sofort mit.

Sie sagte: „Die Vögel sind schlauer geworden. Schau dir das an! Sie sind schlauer geworden. Siehst du, wie sich die Vögel auf eine Stelle konzentrieren?“

Fast ihr gesamtes Leben war die Plage ein Teil ihres Alltages. Diese Verhaltensänderung der Tiere fiel ihr sofort auf.

„Sie mussten sich in dieser Gegend schneller weiterentwickelt haben“, überlegte Amari. „Anders kann ich es mir nicht erklären.“

„Das sie organisiert vorgehen fällt mir auch auf, bestätigte Dre. „Es wirkt sogar fast so, als opferten sich die einzelnen Angreifer im Namen des Schwarmes.“

Die Prädatoren besaßen so viel Kraft, dass sie beim Versuch durch das Gitter zu kommen umgehend den Tod fanden. Sie brachen sich, beim Angriff mit dem Schnabel das Genick. Eigenartig aufgefallen war den beiden außerdem, die Kuriosität, dass nur die kleinsten und bereits verletzten Tiere den Suizidangriff ausführten.

„Ja, ist das denn die Möglichkeit?“, rief Amari ungläubig in den Raum. „Wie ist das möglich?“

Sie bekam wahnsinnige Angst vor dem was sie in Zukunft erwarten könnte, wenn sie die Krähen ohne jegliche Gegenwehr einfach so weitermachen lassen würde. Die Menschheit versteckte sich hinter den *Bird Boostern,* die ihnen Sicherheit boten und akzeptierten die Situation einfach wie sie war.

„Die Anderen die jeden Tag um ihr Leben fürchten müssen können ja etwas unternehmen wenn sie wollen", war die Einstellung der gut betuchten Personen.

Amari konnte das so nicht akzeptieren.

„Wir müssen etwas unternehmen", sagte sie entschlossen. „Gibt es in diesem Internet, Baupläne von *Bird Boostern?",* hoffte sie von Dre zu erfahren.

„Irgendwo mit Sicherheit", antwortete er mit seinen Gedanken woanders. „Wozu?"

„Keine Ahnung, vielleicht können wir helfen und das Problem beheben", sagte Amari etwas planlos. „Ich will einfach nur irgendwas tun. Auch wenn wir nur ein wenig mehr über die Technik der Türme lernen sollten."

Dre war völlig fertig, von dem was sich vor seinem Fenster abspielte.

Er war überhaupt nicht begeistert und Lust hatte er auch keine besonders große, aber er wollte auch nicht einfach nichts tun. Erst recht nicht, nachdem er den Krähen handlungsunfähig beim Morden zugesehen hatte.

„Ja meinetwegen, ich bin dabei", sagte er etwas zögerlich zu Amari

Also begannen sie gemeinsam zu recherchieren.

Stunden vergingen, in denen beide vor dem Computer saßen, um Informationen zu sammeln. Vor der Tür tobte der Schwarm weiter unbeeindruckt. Geschützt durch das Sicherheitssystem, das wirklich jeden Penny wert war, hatten sie für einen Moment, die tödliche Gefahr vor der Tür vergessen und Dre erholte sich von seinem Schock.

„Klick mal hier drauf“, sagte Amari zu Dre. „Mhh... Mist, das bringt uns nicht weiter“, folgte darauf. „Und hier?“, kam erneut von ihr. „Auch nicht das richtige“, sagte sie einsichtig.

Dre führte, meinungs- und kommentarlos, die Anfragen von Amari aus. Weitere Stunden waren wie Minuten dahingeschmolzen. Amari war komplett in die Welt der *Booster* und *Pods* eingetaucht. Es war für sie unheimlich spannend, so viel über diese Technik zu lesen. Ein Link beförderte sie zum Nächsten. Bis sie zufällig auf einem Blog eines ehemaligen Mitarbeiters von *Brasil* landete.

„Schau mal, sagte sie zu Dre. Hier habe ich etwas Interessantes gefunden. Eine Internetseite eines ehemaligen Angestellten von *Brasil*. Er kritisiert hier ein bewusstes Zurückhalten einer schon seit Jahren entwickelten Lösung zur Bekämpfung der Plage.“

Dre erwiderte augenrollend: „So ein quatsch Amari, weißt du wie viele bescheuerte Querdenker mit Verschwörungstheorien im Internet hausieren gehen. Du kannst hier wirklich zu jedem Thema eine passende Verschwörungstheorie finden. Stell dir mal vor, es gibt

Personen, die davon überzeugt sind, Aliens würden unter uns leben."

„Vielleicht bin ja ich oder du ein Alien? Wer weiß?", schob er amüsiert ein.

„Ebenfalls kaum zu glauben: Es existiert heute noch eine nicht unerhebliche Menge an Menschen die glauben, die Erde sei flach. Die versuchen, penetrant jeden von ihrer Meinung zu überzeugen. Die haben sogar flache Globusse und weiteren Nonsens, den sie unter die Leute bringen wollen."

Amari hatte einen überraschten Gesichtsausdruck aufgesetzt und wandte sich an Dre.

"Wie die Erde ist nicht flach?", fragte sie.

Einen kurzen Moment hatte sie ihn, er war fassungslos. Aber als ein Lächeln in Amaris Gesicht heranwuchs, wusste Dre, er wurde gerade aufs Korn genommen.

„Du doofe Kuh", sagte er neckend zu ihr. „Du weißt doch, was ich damit sagen will."

„Ja, aber mir ist auch bekannt, dass es einige Idioten auf der Welt gibt", erklärte sich Amari. „Schau dir doch bitte mal an, was da steht. Das was er schreibt, klingt irgendwie plausibel. Recherchiert man seinen Namen, war er wirklich mal ein langjähriger Mitarbeiter bei *Brasil*. Ich würde es gerne versuchen und Kontakt mit ihm aufnehmen. Hören wir uns doch an, was er zu sagen hat."

„Dann mach es doch einfach, du kannst ihn direkt über diesen Link anschreiben", erklärte Dre und zeigte auf eine Stelle am unteren Bildschirm.

„So einfach ist das?", sagte Amari beeindruckt. „Na gut, dann schreibe ich ihm jetzt mal:

„Guten Tag", schrieb sie in das geöffnete Chatfenster.

Sie wartete ein paar Minuten, ohne die erhoffte Reaktion zu bekommen. Gerade als sie sich vom Computer abwenden wollte, hörte sie ein Geräusch.

Dre informierte Amari: „Er hat geschrieben. Drück mal hier dann kannst du den Inhalt sehen."

Dre erklärte ihr was sie zu tun hatte.

Sie öffnete die Nachricht.

Im Chatfenster war ein höfliches *„Ihnen auch einen guten Tag, weshalb schreiben sie mich zu so einer späten Stunde an?"*, zu lesen.

Amari schrieb zurück: *„Ich habe ihren Blog gelesen und wollte Genaueres über ihre Anschuldigungen gegen* Brasil *erfahren."*

„Sind sie von der Polizei?", erkundigte sich der ehemalige Mitarbeiter mit Nicknamen *White Owl* paranoid.

Ein *„Nein"*, gefolgt von einem:

„im Gegenteil, ich war mein Leben lang ein Opfer der Plage und möchte helfen", wurde von Amari in die Tastatur getippt.

„Ich möchte nochmals darauf hinweisen, dass ich sie gerade offiziell auffordere sich mir als Polizeibeamtin zu erkennen zu geben", schrieb White Owl. *„Sie sind ohne eine Sondergenehmigung eines Gerichtes gesetzlich dazu verpflichtet."*

„Ich bin aber nicht von der Polizei!", schrieb Amari zurück.

„Ja *wenn das so ist, möchte ich ihnen mein Wissen nicht vorenthalten"*, ploppte in der nächsten Zeile auf.

Amari war etwas misstrauisch, weil *White Owl* einen so plötzlichen Sinneswandel hatte und kooperativ war.

„Entweder ist hier etwas faul oder der Typ ist eine Plaudertasche und erzählt jedem, nachdem er seine Standardfrage gestellt hat, sofort seine Geschichte", dachte sich Amari.

White Owl schrieb und schrieb. Minute um Minute verging, während im Chatfenster *„White Owl schreibt gerade"* zu lesen war. Es dauerte so lange das Amari schon dachte, dass etwas mit der Software nicht stimmen würde. Dann nach einer Ewigkeit des Wartens, tauchte der lange Textblock auf dem Bildschirm auf in dem zu lesen war:

„Ich war vor ein paar Jahren Angestellter bei Brasil, *im Bereich Qualitätssicherung. Eines Tages bekam ich Daten eines Prototyps zugesandt, die ich in diversen Computersimulationen auf Tauglichkeit überprüfen sollte. Es war als streng geheim eingestuft. Bei dieser Art von*

Projekt war es mir unmöglich herauszufinden, an welcher Abscheulichkeit ich diesmal wieder arbeitete. Auf diese Weise, wurden auch schon Massenvernichtungswaffen bei uns getestet.

Bei Brasil *wurde ein spezielles Verschlüsselungssystem eingesetzt. Anstatt die Mitarbeiter in geheime Projekte einzuweihen, wurden alle informationsgebenden Parameter, in nichtssagende Codierung umgewandelt. Es war also am Ende schlicht eine Matheaufgabe, bei der die Zahlen und die Formeln am Ende stimmen mussten. So war es den Mitarbeitern möglich, ihre Versuche in absoluter Unwissenheit durchzuführen.*

Ich verglich nach jedem Testdurchlauf die errechneten Zahlen, mit den im Vorfeld prognostizierten Ergebnissen. Die Übereinstimmung lag bei 98 Prozent, wodurch dieses Projekt als „voll funktionsfähig" abgeschlossen wurde. Ich arbeitete schon sehr lange in der Qualitätssicherung. Durch meine Erfahrung konnte mir keine Verschlüsselung vorenthalten, um was es sich grob handelte.

Teil des Projektes war, primär, ein Test zur Ermittlung der durchschnittlichen Signalstärke und sekundär, ein Überprüfen der Auswirkungen auf Menschen und Tiere. Wobei mit Tiere, im Speziellen die uns allen bekannten Aaskrähen gemeint waren. Diese hatten wir damals, relativ häufig, als Versuchsobjekte, in der Abteilung.

Dann, eine Woche später, wurde es merkwürdig. Plötzlich waren alle Dateien zu dem Thema verschwunden. Nachdem ich tiefer gebohrt hatte, stellte sich heraus, dass die Geschäftsleitung die Unterlagen blockierte. Zwei weitere

Tage später kam mein Vorgesetzter zu mir ins Büro, um mich noch während meiner Schicht, fristlos zu entlassen.

Ich bin fest davon überzeugt, in diesen Dokumenten verstecken sie etwas ganz Großes. Es hat in irgendeiner Weise mit der Plage und den Boostern zu tun. Leider kann ich nichts davon beweisen. Ich weiß aber, dass sie von Geheimakten immer eine analoge Kopie in Ihrem Archiv auf Gran Canaria aufbewahren. Ich muss nur irgendwie an die Akten kommen. Unglücklicherweise habe ich meinen Wohnsitz in Brasilien und mir ist es unmöglich, von meinem Bunker in dem ich wohne, zur Insel zu gelangen. Ich müsste jemanden finden, der bereit ist der Welt einen Dienst zu erweisen und in den Brasil *Firmensitz auf Gran Canaria einbricht, um die Beweise zu besorgen."*

Amari musste das Gelesene erstmal sacken lassen und dachte ausgiebig über die eben erhaltenen Informationen nach.

Mit nachdenklichem Blick, der mehr und mehr an Entschlossenheit gewann, schrieb sie in den Chat: „Ich glaube dir, da ist offensichtlich irgendwas ganz gewaltig faul. Lass es mich tun. Lass mich in das Archiv bei *Brasil* einbrechen. Ich befinde mich auf Gran Canaria und kann die Unterlagen besorgen."

„Was?", schrie Dre erschrocken auf, als er den letzten geschriebenen Satz von Amari registrierte.

Sie erklärte sich sofort: „Hör mal, ich weiß ich wirke oft so, als ob alles in bester Ordnung ist. Das ist aber alles nur meine Schutzmauer, die ich mir aufgebaut habe. Nur so bin ich in meinem bisherigen Leben klargekommen. So viele grausame Erlebnisse habe ich in all den Jahren erfahren. Ich habe doch nichts zu verlieren. Ganz offensichtlich verbergen die etwas wichtiges. Ich wollte nach Gran Canaria kommen, um nicht nur für mich alles zu verbessern, sondern auch um zu versuchen, die Machthaber auf uns alle da draußen aufmerksam zu machen. Ich möchte sie dazu bewegen etwas zu verändern."

„Große Unternehmen verbergen immer irgendwas", murmelte Dre wenig begeistert.

„Du musst mir nicht helfen", sagte Amari verständnisvoll. „Aber du wärst mir eine Riesenhilfe. Mit dir im Team, wäre ich egal ob wir es schaffen oder nicht, in angenehmer Gesellschaft."

Dre haderte und haderte mit sich. Er schaute immer wieder in Amaris hübsche Augen, die ihn dann schlussendlich überzeugen konnten.

„Ok, ich bin dabei, aber du bist mir ganz schön was schuldig, junge Dame", sagte er mit strengem Ton.

„Danke, danke, danke, danke", rief sie, während sie ihn ansprang und fast umwarf.

Amari wendete sich wieder dem Computer zu, auf dem eine neue Nachricht von *White Owl* zu lesen war.

„Das würdest du wirklich tun?", schrieb er begeistert. *„Warte kurz. Ein Freund von mir, der mal Programmierer bei* One Industries *war, konnte für mich über die Jahre ein paar*

Informationen sammeln. Ich werde sie dir gleich durchschicken.“

Es dauerte nicht lange und im Chat tauchten Links auf, die zu einem sicheren Server führten. Sie hatte nun Zugriff auf Gebäudepläne, Dienstzeiten des Wachpersonals und sogar auf den Zugangscode zum Archiv.

„Wenn du noch was brauchst, melde dich bitte. Solltest du die Informationen beschaffen können, musst du mir versprechen, dass ich sie für meinen Blog nutzen darf“, schrieb er.

„Geht in Ordnung“, bestätigte sie ihm.

Am zweiten Tag nach Ausfall des *Boosters*, gab es ein Wiedersehen, mit einem altbekannten Gefühl. Am ganzen Körper konnten sie es spüren. Ein Blick aus dem Fenster bestätigte es: Der *Bird Booster* hatte seinen Betrieb wieder aufgenommen. Die Krähen hatten alles zerstört, dass nicht innerhalb vier schützender Wände war. Der Schwarz- Anteil am Himmel, verringerte sich stetig. Am Ende, blieb nur noch ein strahlendes Blau übrig. Außerhalb der Reichweite des *Boosters*, flogen die Krähen weiterhin um die Insel. Es wirkte so, als wäre Gran Canaria im Auge eines riesigen Wirbelsturms. Sie zu verletzen oder sie gar zu töten, war der gewaltige Turm nicht in der Lage. Seine Hauptfunktion bestand lediglich im Fernhalten, was dennoch mehr als genug war. Die Einwohner trauten sich vorsichtig aus ihren Häusern und nahmen die Aufräumarbeiten auf.

In den nächsten Tagen waren die beiden damit beschäftigt, einen echten, aussichtsreichen Plan auf die Beine zu stellen. Dafür nahmen sie alle ihnen zur Verfügung stehenden Informationen in Anspruch.

Kapitel 5:

Mission unmöglich

„Guten Morgen", riefen sie sich gegenseitig zu.

Wie jeden Tag in den letzten zwei Wochen, steckten sie gleich nach einem kleinen Frühstück, ihre Köpfe zusammen, um an ihrem Plan zu tüfteln. Amari war währenddessen immer sichtlich angespannt. Sie konnte nicht verbergen, dass ihre persönliche Vergangenheit, stets mit am Tisch saß. Gleichzeitig war diese auch ihre größte Motivation. Für sie gab es nur das Eine. Den ganzen Tag fokussiert daran arbeiten, einen validen Plan auszutüfteln. Im Detail bedeutete das für sie: Informationen sammeln, Informationen überprüfen, Teile des Plans ins Rollen bringen, Organisation von Ausrüstung und Dokumenten und so oft es möglich war, die Örtlichkeit besichtigen. Ganz im Gegensatz zu Dre. Er geizte nicht damit zu erwähnen, dass er gerne mal wieder ein paar Stunden am Leben teilnehmen würde.

Jetzt, da die Plage fort war und die gröbsten Schäden behoben wurden, nahm alles auf der Insel wieder seinen gewohnten Lauf. Die Supermärkte hatten wieder geöffnet, die kleinen Geschäfte erwachten eins nach dem anderen und die großen Unternehmen gaben den Menschen endlich wieder etwas zu tun. Amari war im Vorfeld nicht klar, wie viel Arbeit mit ihrem Wunsch, etwas Gutes zu bewirken, einherging. Nach weiteren Stunden der Planung für den letzten Feinschliff, waren sie endlich bereit. An einem Freitagabend begannen sie, den finalen Ablauf für den Einbruch in das Archiv von *Brasil* durchzusprechen.

„Dre bist du aufnahmefähig?", erkundigte sich Amari.

„Jawohl Captain Amari", antwortete Dre stichelnd, weil er sich wie ein Angestellter von ihr fühlte.

Amari ignorierte ihn und fuhr fort: „Ok prima. Dann gehe ich jetzt alles, von vorn bis hinten mit dir durch. Sollte es Fragen geben warte bitte bis zum Schluss.

„Also, geplant haben wir, es am nächsten Montag durchzuziehen", erklärte sie. „Durch deine guten Beziehungen in den Reihen der besseren Menschen, konntest du dir für nächste Woche, ein Praktikum bei *Brasil* in der Datenverarbeitung sichern. Womit schon einmal dein unkomplizierter Zutritt in das Gebäude gewährleistet wäre."

Dre versuchte, den kritischen Seitenhieb von Amari einfach zu überhören. Schließlich konnte er verstehen, weshalb sie negativ auf die Oberschicht eingestellt war. Sie hatten alles und beschwerten sich ständig, ohne denen die nichts besaßen, zu helfen. Dre verzog keine Miene und folgte weiter den Ausführungen von Amari.

Sie setzte fort: „Ich nutze meine Geheimwaffe, meine Superkraft, die mich schon mein ganzes Leben begleitet. Kannst du erraten welche ich meine, Dre?"

Dre schüttelte ahnungslos den Kopf.

Amari sagte: „Ich nutze die Ignoranz und abwertende Meinung von Reichen Leuten wie dir gegenüber Reinigungspersonal."

Dre schaute sie mit einem Fragezeichen im Gesicht an.

„Sorry Dre, der Spruch musste jetzt sein", schob sie mit einem Lächeln ein und sprach weiter:

„Die sogenannte Oberschicht, möchte um jeden Preis, den Kontakt mit Servicekräften jeglicher Art auf ein Minimum beschränken. Gleichzeitig sehen diese mächtigen Menschen keine Bedrohung in uns, da Leute unseres Schlags, ihrer Meinung nach, grundsätzlich ungebildet und einfältig sind. Wir machen uns diese traurige Tatsache zu nutze. Ich konnte einen Job als Reinigungskraft bei *Brasil* ergattern. In dieser Position ist es mir möglich, unbemerkt und ohne Verdacht zu erregen bis vor das Archiv zu gelangen, in dem sich die Beweise für *White Owls* Behauptungen befinden sollen. Der Eingang, sowie das Innere des Archivs wird von Kameras überwacht. Dein Job ist es, herauszufinden, wo sich die Kamerasteuerung befindet und diese dann - aus Versehen - lahmzulegen. Ich halte mich in der Nähe des Archivs auf und nach deinem Zeichen verschaffe ich mir Zugang zum Raum. Die Tür sollte mithilfe der Zahlenkombination, die wir von unserem Freund *White Owl* aus dem Internet haben kein Problem mehr sein. Sobald ich drin bin, meldest du dich bei deinem Vorgesetzten ab. Sag ihm einfach das dir schlecht ist oder ähnliches. Wir treffen uns dann im Archiv, um nach den Dokumenten zu suchen. Hast du alles verstanden?"

„Jawohl Captain Amari", rief Dre erneut provokant.

Amari erkundigte sich abschließend: „Gibt es noch Fragen?"

Dre meldete sich wie in der Schule und hob seine Hand. Amari rief ihn genervt auf woraufhin er begann grinsend seine Frage zu stellen: „Wo genau befinden sich die Dokumente im Archiv, Frau Lehrerin?“

„Das weiß ich nicht“, antwortete sie. „Das gehört zu den wenigen unbekannten Variablen unseres Plans. In diesem Fall müssen wir wohl improvisieren.“

„Ist irgendwie doch ein ganz schön großes Risiko“, sagte Dre nicht voll von ihrem Plan überzeugt.

Amari konterte sofort: „Also für mich überhaupt nicht. Selbst das Gefängnis, wäre hier auf der Insel ein Paradies für mich. Was dich betrifft, ist es dir sicherlich möglich dich freizukaufen und mit ein paar lächerlichen Sozialstunden davon zu kommen. Falls sie dich überhaupt festnehmen. Denn wenn sie uns schnappen, sagst du einfach ich bin dir auf dem Weg zur Toilette unangenehm aufgefallen, weshalb du mir gefolgt bist.“

„Okay, überzeugt, Punkt für dich“, stimmte Dre zu.

Amari führte zu Ende: „Ich schlage vor wir besprechen noch, welche Kleidung wir am Montag tragen werden und anschließend versuchen wir, die nächsten zwei Tage ein wenig abzuschalten und runterzukommen.“

„Das ist Musik in meinen Ohren. Guter Vorschlag“, sagte Dre.

Der Montag stand schneller vor der Tür als den beiden lieb war. Angezogen und bereit es durchzuziehen standen sie an der Schwelle zur Tür. Ungeduldig warteten sie darauf, dass der eiförmige Limousinen Service sie an ihr Ziel bringen würde. Dre war noch immer nicht begeistert und rügte sich selbst unentwegt:

„Weshalb habe ich mich zu solch einem Bullshit überreden lassen“, fragte er sich ständig. „Jetzt ist es zu spät für einen Rückzieher.“

Die Transportkabine setzte die beiden vor der *Brasil* Niederlassung ab.

Der *Brasil* Firmensitz, war ein beeindruckendes Bauwerk. Eine Mischung aus altmodischer Bauweise in Stein und moderner Sanierung aus Stahl und Glas. *Brasil* hatte sich im ehemaligen „Palacio de Justicia“ eingenistet und diesen komplett renoviert. Dieser bestand einst aus Erdgeschoss und zwei Stockwerken. Eine große Firma braucht viel Platz, deshalb bauten sie weitere, oben auf das ursprüngliche Gebäude.

Mit einem abschließenden „einfach an den Plan halten“, verabschiedete sich Amari von Dre, um getrennt das Gebäude zu betreten.

Eine geschmackvoll ausgestattete Eingangshalle, erwartete Amari hinter der Drehtür. Innerhalb des Firmengeländes schalteten sich ihre *Pods* von selbst ein und beschallten ihre Ohren durchgehend mit Firmenpropaganda.

Vom Bekannten: *Bird Booster*, die Rettung der Menschheit, bis zu neuem: „Wir forschen im Auftrag von ihnen für ein besseres Leben“, war alles dabei.

Als erstes machte sich Amari auf den Weg zum Empfang. Sie begrüßte die Dame mit einem freundlichen „Guten

Morgen". Leider wurde ihr freundlicher Gruß, auch nach längerem Warten nicht erwidert. Weshalb sie nachlegte: „ich bin die neue Reinigungskraft und habe heute meinen ersten Tag."

Die Frau hob kurz, für einen prüfenden Blick ihren Kopf, und sagte: „Name?"

Amari teilte der Frau ihren Namen mit.

„Nachname?", wollte die Frau mit ungeduldigem Unterton wissen.

„Stimmt, ich habe ja jetzt einen Nachnamen, wurde Amari bewusst. An den muss ich mich zuerst noch gewöhnen. „Amari Libera", antwortete sie.

Die Frau, tippte wie wild auf ihrer digitalen Tastatur und sagte ohne Amari dabei anzusehen: „Fahrstuhl, dritter Stock, rechts vor der Tür zum Putzraum warten. Ich gebe oben Bescheid".

„Diese Dame könnte ohne weiteres auch durch einen gefühllosen Roboter ersetzt werden", dachte sich Amari.

Ihr war aufgefallen, dass bei allen *Social-Pods* der Mitarbeiter, das Logo von *One Industries* mit einem *Brasil* Aufkleber überdeckt wurden.

Sie dachte sich nur schmunzelnd: „Da will wohl jemand keine Werbung für die Konkurrenz machen."

Den Anweisungen der Roboter-Lady folgend, nahm sie den Fahrstuhl in den dritten Stock, um dort vor dem Putzraum zu warten. Nach kurzer Zeit öffnete sich die Tür. Eine unbekannte Frau gewährte ihr von innen heraus Einlass.

Sie stellte sich vor: „Du musst Amari sein. Ich bin Lina, ich bin hier die Vorarbeiterin und zeige dir heute, was du zu tun hast.

Amari nickte nur kurz mit dem Kopf.

Lina fackelte nicht lange und begann umgehend mit ihrer Einweisung. Sie war nicht sehr gesprächig und vollkommen auf den Inhalt ihrer Einweisung fokussiert. Nachdem die grundlegenden Inhalte besprochen wurden, führte Lina sie zu den einzelnen Einsatzorten. Amari wurde gezeigt, welche Aufgaben sie in den Büros, für die dort arbeitenden Mitarbeiter, erledigen sollte. Und hier wurde, wie erwartet, abermals ihre Superkraft aktiviert. Nicht ein lebendes Individuum würdigte sie eines Blickes. Am heutigen Tag kam ihr dies mehr als gelegen.

Gegen Nachmittag durfte sie sich bereits selbstständig und komplett frei in ihrem Arbeitsbereich bewegen. In regelmäßigen Abständen sorgte sie dafür, sich in der Nähe der Archivräumlichkeiten aufzuhalten und wartete angespannt auf ein Zeichen von Dre. Immer wenn eine Person in ihre Nähe kam, machte sie Bewegungen als würde sie gerade etwas reinigen.

Unentwegt hoffte sie: „Oh bitte, lass bei Dre alles gut gehen.“

Währenddessen machte sich Dre auf den Weg in das Gebäude. Als er am Empfang eintraf, wurde er freundlich von der dort beschäftigten Mitarbeiterin begrüßt. Nach einem kleinen heiteren Smalltalk und einem kurzen Anruf, wandte sich die freundliche Dame, mit neuen Informationen zurück an ihn.

„Sie dürfen gerne den Fahrstuhl in den vierten Stock nehmen“, sagte sie höflich. „Von dort wird sie der Leiter der Datenverarbeitung direkt persönlich abholen und zu ihrem Praktikumsplatz begleiten. Ich wünsche ihnen viel Spaß in unserem Hause.“

Dre bedankte sich und machte sich auf dem Weg in den vierten Stock. Kaum waren die Türen des Fahrstuhls einen kleinen Spalt geöffnet, konnte Dre bereits den sehnsüchtig auf ihn wartenden Abteilungsleiter erspähen. Vor ihm stand ein wahnsinnig dünner Mann in gebeugter, fast schon unterwürfiger Haltung. Dre stellte sich die Frage, wie dieser Kerl überhaupt laufen konnte, da kein Gramm Muskelmasse am Körper zu finden war. Der Mann begrüßte ihn mit einem schlaffen Händedruck. Sofort fing er an wie ein Wasserfall langweilige Dinge über sich und seine Abteilung zu erzählen.

„Hallo, ich bin der Chef der Datenverarbeitung von *Brasil*. Nennen sie mich einfach Chef, He He“, sagte er mit breitem Grinsen, als würde er gerade einen Brüller-Witz raushauen. „Dann machen sie bei der Anrede auf jeden Fall nichts falsch, He He. Ich bin schon seit 15 Jahren hier im Unternehmen. Meine Frau arbeitet auch hier bei *Brasil*. Ist aber in der Chefetage, also quasi meine Vorgesetzte. Ich sehe mich als ein moderner Vorreiter der Gattung Mann, da meine Frau den Unterhalt bei uns verdient, He He. Wenn sie wüsste, dass ich schon wieder von ihr erzähle, würde sie wieder mit mir schimpfen, He He.“

Dre dachte sich nur: „Was für eine Flachpfeife. Wenn dieser Typ der Chef ist, dann besteht seine Abteilung nur aus unfähigen Schlaftabletten.“

Dre nutze die Redseligkeit des Chefs für seine Zwecke aus und durchbohrte den Mann mit einer Unmenge an Fragen.

„Wie sind sie zur IT gekommen?

Gefällt es ihnen hier?

Da sie schon so lange hier sind, gibt es Projekte hier, die von ihnen realisiert wurden?“

Dre stellte immer weiter seine Fragen und versuchte, in kleinen Schritten, in Richtung Kameraüberwachung zu gelangen.

„Ich war letzten Monat für ein Praktikum bei *One Industries* und dort haben sie ein beindruckendes Sicherheitssystem. Besonders die Kameraüberwachung bei denen hatte es mir angetan“, flunkerte Dre, in der Hoffnung sein Gegenüber würde auf den Köder anbeißen.

Der Abteilungsleiter blieb kurz stehen und fragte leise, als müsse er es geheim halten: „Was genau haben sie denn bei *One Industries* im Einsatz?“

Dre konterte souverän mit der Aussage: „Aber Chef, ich bin doch zur Verschwiegenheit verpflichtet.“

Im Gesicht des Chefs machte sich ein enttäuschter Blick breit, den er versuchte zu kaschieren.

Mit dem schlechtesten Pokerface, dass Dre je gesehen hatte, sagte er: „He He, Test bestanden, He He. Ich wollte sie nur auf die Probe stellen, da sie bei uns ebenfalls zur Verschwiegenheit verpflichtet sind, He He."

Dre machte einen Vorschlag: „Was halten sie davon, wenn sie mir das Überwachungssystem bei *Brasil* erklären, und dann sage ich ihnen am Ende, welches mich mehr beeindruckt hat?"

Der Chef überlegte kurz und antwortete: „Da sie meinen Test in vollem Umfang bestanden haben, werden wir es so machen. Aber bitte erzählen sie meiner Frau nichts davon, He He. Dies ist ein Deal unter ehrenvollen Gentlemen. Nicht das der Haussegen bei mir zuhause wieder schief hängt. Sie würde mich auf die Straße setzen, sollten hier Interne Informationen nach außen gelangen, He He."

In der Zwischenzeit erreichten sie das Büro der Datenverarbeitung.

„Voila, hier haben wir den Ort, an dem die Magie passiert", sagte der Chef, als er die Tür zur Datenverarbeitung öffnete.

Ein noch verheerender Anblick als erwartet offenbarte sich Dre. Vier verwahrloste Nerds, die hoch konzentriert in ihre Tastaturen hineinprügelten, formten die gesamte Datenverarbeitung dieses riesigen Firmensitzes. Alle Vier trugen Shirts, auf denen Zitate aus den bekanntesten Science-Fiction Filmen aufgedruckt waren. Sie drehten sich, wie beim Synchronturnen, mit ihren Stühlen in Richtung Dre um und grüßten ihn für einen kurzen Moment. Anschließend setzten sie ihre Arbeit wieder still und leise fort.

Der Chef rief laut durch den Raum: „Darf ich vorstellen! Das *Puma Squad*!“

Alle im Raum brüllten gleichzeitig: „Raarrr, raarrr.“

Es hörte sich an als wären sie verletzte Baby-Pumas

„Das Herzstück der gesamten Firma He He“, ergänzte der Chef. „Ohne uns läuft hier gar nichts.“

Dre dachte sich: „Wohl eher die Irrenanstalt der Firma.“

Es kam ihm vor, als wäre er im falschen Film. Überall nur noch verrückte um ihn herum, selbst dort, wo man sie eigentlich nicht erwarten würde.

„Zum Glück haben alle in meiner Abteilung den Angriff dieser Vögel überstanden“, erzählte der Abteilungsleiter. „Hat auch seine Vorteile, wenn man nie nach draußen geht, He He. Schlimme Sache diese fliegenden Dinger. Wo die so plötzlich herkamen?“

Nach dieser Aussage wurde Dre bewusst, wie ignorant alle hier auf Gran Canaria waren. Dieser Typ wusste noch nicht einmal das 90 Prozent der noch lebenden Menschen außerhalb der schützenden Mauern der Insel unfassbares Leid ertragen mussten. Obwohl Dre gerade ausnahmsweise mal nichts falsch gemacht hatte, verspürte er Fremdscham.

„Also dann, will ich dir mal wie versprochen, die Kameraüberwachung näherbringen“, sagte der Anführer des *Puma Squads*.

„Hier an der Seite, befinden sich die Bildschirme, die unsere Kamerabilder anzeigen“, erklärte der Chef und führte Dre zu einer Wand aus Monitoren. „Unsere Kameras sind lückenlos über die gesamte Außenhaut des Betriebsgeländes verteilt, ebenso in besonders sensiblen Innenbereichen der Firma. Sie haben Geräusch- und Bewegungssensoren sowie eine Wärmebild, Nacht und eine Röntgenansicht.“

„Welcher Supercomputer erbringt denn solch eine große Rechenleistung, für so eine Menge Kameras?“, hakte Dre mit gespielter Neugierde nach.

Der Chef nahm das falsche Interesse für voll und antwortete stolz: „He He, das ist dieser Wunderkasten dort hinten. Der schnurrt seit zwei Jahren wie ein Kätzchen, He He. Er hat ja auch den Besten, der sich um ihn kümmert, He He“, prahlte er und klopfte sich auf die Schulter.

Erneut lachte er, davon ausgehend er sei lustig.

Dre musste hier schleunigst raus. Im hintersten Eck erspähte er eine Kaffeemaschine. Er holte sich beim Chef die Erlaubnis für eine Tasse ein. Dann suchte er am Wunderkasten nach Schwachstellen für diverse Flüssigkeiten, die rein zufällig ins Innere gelangen könnten. Die Lüftungsgitter am Rechner schienen perfekt dafür. Dre spielte im Kopf mehrere Szenarien durch. Welchen Weg muss er exakt laufen und wann wäre der richtige Zeitpunkt zu stürzen, um den Kaffee im gewünschten Ziel zu versenken. Nachdem er sich sicher fühlte, wurde das Geplante in die Tat umgesetzt. Er lief mit Schwung in Richtung des Computers. Ein dumpfer Ton war zu hören, als der Fuß von Dre mit dem Tischbein zusammenprallte. Einen Augenblick später, befand er sich im Flug und versuchte die Flüssigkeit perfekt zu platzieren. Alle im Raum schreckten auf, als der laute Knall von Dre's Aufprall auf dem Boden durch den Raum schallte. Gefolgt von einem Zischen und Rauchen des Kamerarechners, waren dessen letzte Stunden gezählt.

„Oh Nein! meine Frau bringt mich um", schrie der Chef völlig panisch. „Was haben sie getan?"

„Es tut mir unendlich leid", sagte Dre und zeigte, die schauspielerisch beste Performance seines Lebens. „Ich bin gestürzt, ich bin so ein Tollpatsch. Ohhhhh, ich habe so ein schlechtes Gewissen."

„Mir wird schlecht", fügte er mit verzogenem Gesicht hinzu. „Mir ist so schlecht, ich muss los, ich muss auf die Toilette."

Während er den Raum verlies, sagte er noch ein letztes Mal: „Es tut mir so leid."

Der Chef saß nur zusammengekauert in einem Eck auf dem Boden und jammerte.

Als Dre den Flur erreichte, konnte er sich das Lachen nicht mehr verdrücken.

Mit breitem Lächeln informierte er Amari: „Du kannst loslegen, die Kameraüberwachung ist ausgeschaltet. Ich bin auf dem Weg zu dir."

Erleichtert empfing Amari die positive Nachricht von Dre. Auf dem gesamten Weg zum Archiv schweifte ihr Blick in alle Winkel der Gänge, um mögliche Gefahren frühzeitig ausfindig machen zu können. Als sie vor der Archivtür ankam, erspähten ihre Augen ein blinkendes, gelbes Licht an der Überwachungskamera. Sie wusste nicht, was dies zu bedeuten hatte und ob die Kamera vielleicht doch funktionierte. Sie musste sich einfach blind auf Dre verlassen. Amari trat vor die durch eine Zahlenkombination gesicherte Tür und begann den Code in das Nummernfeld einzugeben. Ein kurzer Moment der Spannung. Ein lauter Signalton ertönte und brachte Amaris Herz fast zur Explosion. Die Anzeige am Schloss wechselte auf grün. Sich nochmals umschauend, öffnete sie die Archivtür und ging hinein.

Es war ein relativ kleiner, sehr ordentlich Raum. Genau so, wie man sich ein antikes Überbleibsel aus der Vorzeit vorstellte. Amari vernahm ein Geräusch hinter sich. Schnell wie der Blitz huschte sie hinter ein Regal.

„Es ist definitiv jemand hier drin. Die Tür des Archivs wurde verschlossen, und das nicht von mir“, stellte Amari fest.

„Pssst Amari, wo bist du?“, hörte sie aus Richtung der Tür.

Amari linste durch eine kleine Öffnung und da sah sie ihn. Lächelnd über das gesamte Gesicht sprang Amari erleichtert und glücklich in die Arme von Dre. Ihre Blicke trafen sich und die Zeit stand für einen Moment still.

Sie befanden sich in einem gesicherten Raum, in den sie eingebrochen waren. Innerhalb der Mauern einer Firma, in der sie Fremd waren. Und dennoch fühlten sie sich heimisch und geborgen, als wären sie zuhause.

„Wir müssen das Dokument finden. Lass uns anfangen zu suchen“, forderte Amari und unterbrach den innigen Moment.

Dre nickte und sie teilten sich für die Suche auf. Kiste um Kiste, Regal um Regal wurde durchstöbert. Bis Dre, auf einem Stahlgitter stehend, von oben herabrief:

„Ich habe hier was!“

Er blätterte durch das Dokument. Durchforstete eine Seite nach der anderen. Auf einmal stieß er auf einen Abschlussbericht einer Studie, der sein Interesse weckte.

Laut laß er Amari den Bericht vor.

Abschlussbericht zur Studie 18276 von Professor Ulrich:

Aufgrund der giftigen Abfälle, die von der Firma One Industries an allen 163 Produktionsstandorten über Jahrzehnte auf der ganzen Welt in Umlauf gebracht wurden, beauftragte der Vorstand von Brasil *eine Studie. Inhalt der Studie war es, Zusammenhänge zwischen den freigesetzten Stoffen von* One Industries *und Auffälligkeiten von Pflanzen und Tieren in der Nähe zu erforschen.*

Während die Mutationen im Bereich der Pflanzen vernachlässigbar gering waren, gab es unter bestimmten

Tieren, genauer definiert, den in der gesamten Region lebenden Vogelarten, massive Veränderungen.

Über Jahre konnten ein erhöhter Trieb, eine immer weiter steigende Fortpflanzungsrate und vermehrte Aggressivität unter den Vögeln beobachtet werden.

Unterstützt durch die Klimaerwärmung und der als Nahrungsquelle dienenden Heuschreckenplage, mit der die Welt im Jahr 2040 zu kämpfen hatte, waren die Vögel imstande, ihre Population in exponentiellem Ausmaß zu erhöhen. Aufgrund des riesigen Nahrungsangebotes und der Tatsache, dass kalte Winter oder arktische Gebiete der Vergangenheit angehörten, war ein Verzehntausendfachen ihrer Anzahl möglich. Aus der anfänglichen Vielfalt der Vogelarten setzte sich über die Jahre eine besonders Zähe Vogelart durch, die alle anderen verdrängte. Übrig blieben größtenteils nur die Aaskrähen. Die Insekten neigten sich langsam dem Ende entgegen und die Krähen weiteten ihre Nahrungssuche auf Städte und Dörfer aus.

In der Studie wurde prognostiziert, die Krähen würden früher oder später auf der Suche nach Futter auch Menschen angreifen. Unsere Entwicklungsabteilung nahm daraufhin weitere Aaskrähen genauer unter die Lupe und erschuf die Technologie der Bird Booster. *Die ersten funktionierenden Modelle wurden erfolgreich eingesetzt.*

Im selben Zeitraum ließ sich die Firma One Industries, *die* Social-Pods *patentieren und wurde damit zum Nummer-eins-Unternehmen der Welt. Weiter Propagierten sie: Die Existenz der Vogelplage wäre zu einhundert Prozent auf die*

Klimaveränderungen zurückzuführen, obwohl ihnen Ergebnisse vorlagen, die vergleichbar mit unseren waren.

Wir von Brasil *forschten unter Verschluss weiter an der Formel der* Bird Booster*, um die Effektivität zu erhöhen. Bedauerlicherweise mussten wir wegen rechtlicher Schwierigkeiten die Forschung daran einstellen.*

Mit freundlichen Grüßen

Prof. Christian Ulrich

Am Ende der Studie stieß Dre auf eine verschlüsselte Datei, mit einem handschriftlichen Hinweis daneben auf dem zu lesen war:

„Konnte ich von einem Programmierer bei *One Industries* entwenden. Als Druckmittel einsetzbar."

Die beiden waren sprachlos. Bis die Stille nach einer Weile von Dre gebrochen wurde:

„Ist das ein Hammer!", sagte er. „Die Plage wurde von Menschenhand geschaffen und war den Leuten von *Brasil* und vermutlich auch *One Industries*, von Anfang an bekannt. Sogar, bevor sie überhaupt zur Gefahr wurde."

„Nicht zu fassen. Zum Glück hat *Brasil* in weiser Voraussicht den *Bird Booster* entwickelt“, erwähnte Amari.

„Und *One Industries* hat anderen Firmen die Chance genommen, ebenfalls *Social-Pods* herzustellen, diese gierigen Säcke“, fügte Dre erzürnt hinzu.

„Aber warum mussten sie die Forschungen aus rechtlichen Gründen aufgeben?“, fragte Amari.

„Keine Ahnung“, antwortete Dre. „Aber es war wie du sagtest: Es roch nach etwas faulem und herauskam eine stinkende Kloake.“

„Wir müssen hier raus und jemanden zum Entschlüsseln dieser Datei finden“, forderte Amari.

Dre stimmte nickend zu.

Amari und Dre verließen das Archiv und meldeten sich bei ihren Vorgesetzten krank. Dre‘s Chef war gerade in einem Telefonat mit seiner Frau. Er hörte sie noch über das Telefon schreien, während der arme Mann in Angstschweiß gebadet zuhörte.

Sie gingen ohne Aufsehen zu erregen durch den Vordereingang, durch den sie vor wenigen Stunden gekommen waren.

„Das lief ja wie geschmiert“, sagte Amari in euphorischer Feierlaune.

Dre freute sich ebenfalls riesig über den positiven Ausgang ihrer - wie er sie nannte - Mission unmöglich. Als sie um die nächste Ecke waren, gaben sie sich ein Siegreiches *High Five* und erzählten einander ihre Seite der Geschichte. Auf dem Weg nach Hause lachten sie sich krumm und schief.

Endlich waren sie wieder zuhause. In einem Moment kreuzten sich unbeabsichtigt ihre Blicke. Sie schauten sich tief in die Augen. Dieses Mal blieb ihr Blick aufeinander hängen. Sie fielen sich in die Arme. Aus der anfänglichen Umarmung wurden intensive Streicheleinheiten am ganzen Körper. Sie küssten sich. Das Küssen wurde immer leidenschaftlicher und die Berührungen intensiver. Amaris Herz pochte wie verrückt. Sie zerrte Dre regelrecht in ihre Räumlichkeiten. Es war schon eine Ewigkeit her, seitdem sie das letzte Mal Zärtlichkeiten austauschen konnte. Diese Nacht verbrachten die Beiden gemeinsam auf einem Zimmer.

Kapitel 6:

01000011 01110101 01110010 01110100 01101001 01110011 00100000 01000011 01101000 01100001 01101111 00100000 01101001 01110011 00100000 01100101 01110110 01101001 01101100

Es war ein wunderschöner sonniger Morgen. Gestern hatten sie ohne Schwierigkeiten die geheimen Unterlagen im Archiv von *Brasil gefunden,* der *Bird Booster* funktionierte seit Wochen ohne weitere Ausfälle und die positive Energie der vergangenen Nacht verhüllte alle negativen Ereignisse der letzten Wochen wie ein Schleier. Dennoch wirkte Dre etwas bedrückt, mit den Gedanken abwesend. Für Amari war ihre aktuelle Situation perfekt, ja geradezu überwältigend. In einer Villa, mit Nahrung und Wasser, ohne dass ihr Killervögel nach dem Leben trachteten. Zum ersten Mal war es ihr vergönnt, bis mittags im Bett zu bleiben und nichts zu tun. Doch auch sie bemerkte das etwas mit Dre nicht stimmte.

„Ist alles Okay?", sprach sie ihn an.

Dre wimmelte sie mit einem unehrlichen: „Ja klar, alles gut" ab.

Was Amari nicht wusste, Dre war heute wieder dazu gezwungen, seinen verhassten Termin wahrzunehmen. Und obwohl er eigentlich auch auf Wolke sieben schwebte, dominierten in ihm die unerwünschten Gedanken. Im Laufe des Mittags verabschiedete er sich von Amari, ohne ihr, trotz mehrmaliger Nachfrage, mitzuteilen wohin er geht.

Amari nutzte die freigewordene Zeit, um einen geeigneten Programmierer für die Entschlüsselung ihrer unrechtmäßig entwendeten Datei zu finden. Das Internet war geradezu überfüllt von ortsansässigen IT-Speziallisten. Doch Amari bevorzugte jemanden, der mit Herz und Seele dabei war und im besten Fall eine Abneigung gegen *Brasil* oder *One Industries* hatte. Sie erinnerte sich vage an einen

Programmierer Freund von *White Owl, den der Blogbetreiber beim letzten Treffen im Chat erwähnte.* Plötzlich fiel ihr wieder das Versprechen ein, welches sie ihm gegeben hatte. Fast wäre es ihr entfallen. Sie musste ihm noch die gefundenen Informationen übermitteln.

Über ihre *Pods* konnte sie die zuletzt aufgerufenen Seiten abfragen. Automatisch hatten sich die Geräte synchronisiert und die Neigungssteuerung wurde aktiviert. Offen gegenüber Neuem, probierte Amari, die ihr unbekannte Steuerung gleich aus. Über die Neigung ihres Kopfes, navigierte sie innerhalb des Browsers und öffnete den Blog von *White Owl*. Nur dieses Mal begrüßte sie direkt eine unerwartete Nachricht. Sie startete einen zweiten Versuch und wieder wurde die Meldung angezeigt.

„Die von Ihnen gesuchte Seite existiert nicht mehr."

Amari schossen tausend Gedanken durch den Kopf.

„Haben sie ihn unschädlich gemacht? Wissen sie von uns? Sind wir die nächsten? Müssen wir untertauchen?"

Einen letzten Versuch bevor sie Dre informieren und ebenfalls untertauchen würde, wollte sie noch unternehmen. Eventuell erreichte sie ihn über den Link, der zu den geheimen Akten führte. Drei geschmeidige Kopfbewegungen später befand sie sich auf dem Server. Die Insider Informationen über *Brasil* waren nirgends zu finden. Stattdessen gab es einhundert Textdateien mit Namen „Mari". Ein wenig über die Dateien blätternd, sprang ihr eine davon in der Liste sofort ins Auge. Eine Datei namens

„Amari“. Sie öffnete die Datei und ihr offenbarte sich eine Nachricht von *White Owl*.

„Hallo Amari, wenn du das hier liest, bist du erstens so schlau wie ich gedacht habe, zweitens habt ihr es in das *Brasil* Archiv geschafft und drittens musste ich untertauchen, da Leute von *One Industries* hinter mir her waren. Ich habe dir nachfolgend einen Link zu einem sicheren Chatraum hinterlegt, über den du mich erreichen kannst. Außerdem habe ich dir die Schreibrechte für diese Textdatei übertragen. Kopiere den Link, füge ihn in deinem Browser ein und lösche die Datei mit deinem Namen im Anschluss. Bis gleich.“

Amari setzte die Bitte von *White Owl* um. Die Datei war gelöscht und der Browser war dabei den sicheren Chatraum zu laden. Unmittelbar nach Abschluss des Ladevorgangs tauchte die erste Nachricht auf.

„Amari?“

Sofort erwiderte Amari mit der eingebauten „Sprache zu Text Funktion“ der *Pods*.

„Ja hier ist Amari, bist du es White Owl*? Und wenn ja, beweise es und sag mir, was das Letzte war, das ich dir geschrieben habe.“*

„Du hast meiner Bitte zugestimmt, die gefundenen Informationen in meinem Blog verwenden zu dürfen“, schrieb der Internetaktivist.

Amari war beruhigt und sofort erkundigte sie sich: *„Ist alles in Ordnung*?“

„Ja, im Moment ist noch alles OK", antwortete *White Owl.* „One Industries *hängt mir schon eine ganze Weile im Nacken, ich muss ständig umziehen damit sie mich nicht erwischen. Wart ihr erfolgreich?"*

„Ja, das waren wir", verkündete Amari sehr stolz. *„Und da ich eine Ehrenfrau bin und mein Versprechen halten möchte, sende ich dir gleich alles durch, was wir an Dokumenten gefunden haben."*

„Du bist einfach der Hammer", konnte Amari, während sie ihre nächste Nachricht, mittels „speech to text" eingesprochen hatte, im Chatfenster lesen.

„Aber das war nicht alles", ergänzte Amari. *„Ich habe noch ein Anliegen. Uns, also mir und meinem Partner, ist im Archiv eine verschlüsselte Datei in die Hände gefallen. Wir brauchen dringend einen Programmierer, der diese für uns entschlüsseln kann. Es stand eine handgeschriebene Notiz dabei, in der zu lesen war, dass der Inhalt als Druckmittel gegen* One Industries *verwendet werden könnte."*

„Du bist einfach genial Amari", schrieb Herr Owl. „Besser hätte ich es mir ja nicht erträumen können. *Ich hätte da eventuell jemanden. Er hat mir auch schon bei der Informationsbeschaffung der* Brasil *Daten geholfen. Schick mir die Datei mal durch und ich frage ihn. Falls er interessiert ist, wird er sich bei euch melden, sobald er die Verschlüsselung geknackt hat. Aber ich will euch gleich warnen. Er ist ein ehemaliger* One Industries *Mitarbeiter. Ja ich weiß, wir haben hier unseren armseligen Club der ehemaligen Großkonzern Mitarbeiter. Aber er hat* One Industries *damals verlassen, weil Curtis Chao, der*

Geschäftsführer persönlich, für den Tod seiner Frau verantwortlich gewesen sein soll. Seit diesem Tag, hasst er Chao auf die besorgniserregende Art."

„*Kann ich ihm vertrauen*?", erkundigte sich Amari.

„*Wenn es um* One Industries *geht, ist er zu allem bereit. Also ja*", bestätigte *White Owl*.

„*Ok, dann warte ich auf seine Antwort*", ließ Amari von ihren Pods in Text umwandeln.

„*Halt die Ohren steif, ich bin raus*", schrieb *White Owl* zum Abschied.

Amari vertrieb sich die Zeit mit Fernsehen. Zum ersten Mal konnte sie es in toller Qualität und mit vielen verschiedenen Sendern genießen. Es war ein Riesenspaß.

Gegen Abend öffnete sich die Haustür und ein völlig erschöpfter und mies gelaunter Dre betrat das Haus.

Amari fiel ihm gleich in die Arme und verkündete stolz mit einem Küsschen: „Ich habe einen Programmierer gefunden."

Die Nachricht verschlechterte, zu Amaris Überraschung, die Gemütslage von Dre. Sein Gesicht nahm die Farbe eines weißen Hemdes an.

Er holte tief Luft und fing lauthals an zu schimpfen: „Muss das jetzt sein! Gerade erst haben wir einen Einbruch bei *Brasil* hinter uns! Ständig liegst du mir in den Ohren! Bitte Dre hier, bitte Dre da. Können wir nicht einfach mal unsere bisherigen Erfolge genießen?!

„Welche Ratten haben dich denn in der Nacht gebissen", dachte sich Amari.

Mit Wut geladenen Stimmungsbatterien, zog sich Dre anschließend kommentarlos in sein Zimmer zurück.

Währenddessen gab es Neuigkeiten bezüglich der Entschlüsselung. Der Hinweiston ertönte und signalisierte Amari, dass eine neue Nachricht eingegangen war. Sie ließ alles stehen und liegen, setzte sich vor den Computer und rief laut nach Dre. Andy der Programmierer hatte ihr eine Nachricht hinterlassen.

Er schrieb: „Hier ist Andy, ich bin ein bekannter von White Owl. Ich habe ihren Auftrag mit Freude ausgeführt. Es war mir ein Leichtes."

„Vielen Dank, dass Sie uns helfen Andy", schrieb Amari. Können sie mir die Datei zurücksenden? Ich halte es vor Spannung kaum aus."

„Selbstverständlich, aber wir müssen uns dringend unterhalten. Am besten gleich nachdem sie den Inhalt gelesen haben", forderte Andy.

Dre packte die Neugierde und er gesellte sich in der Zwischenzeit zu Amari vor den Rechner. Die Datei fand wie durch Zauberhand den Weg auf den Computer der Beiden und wurde sofort von Amari geöffnet.

Es handelte sich, um eine E-Mail an Herr Chao. In ihr stand geschrieben:

Sehr geehrter Herr Chao,

wie von Ihnen gewünscht, wurde der Firma Brasil *die Arbeit am* Bird Booster *Projekt, durch den Weltrat untersagt.*

Wir haben, um dies durchzusetzen den Paragrafen §34a Ausnahmezustandsgesetz verabschiedet, welcher besagt: In einem Ausnahmezustand müssen sich Technologien, die zur Verhinderung eines solchen beitragen können, in neutraler Gewalt (Weltrat) befinden. Privaten Firmen ist es nur mit einer Sondergenehmigung vom Weltrat gestattet, bei der Entwicklung mitzuwirken. Diese Sondergenehmigung wurde umgehend vom Rat für ihre Firma One Industries *erteilt.*

Brasil *versuchte sich vehement zu wehren, jedoch konnten wir sie zur Vernunft bringen.* Brasil *erhielt als Ausgleich die Monopolrechte zum Bau der* Booster *auf Lebenszeit und wurde dadurch sehr vermögend. Sie hatten nach kurzer Zeit die finanziellen Mittel das Land, in dem sie ihren Firmensitz hatten, zu kaufen und zur ersten und einzigen Country Company zu werden. Es war also ein mehr als großzügiges Angebot von unserer Seite.*

Die Hoheit über die Steuerung der Booster *verblieb zu jederzeit in der Hand des Weltrates. Auf diese Weise konnte ein dem Ratswillen entsprechender, zielgerichteter Einsatz sichergestellt werden.*

Um die absolute Geheimhaltung zu gewährleisten, wurde Brasil *abschließend gezwungen, alle Mitarbeiter zu entlassen, die an der Entwicklung beteiligt waren. Alle Angestellten, die wir als gefährlich einstuften, wurden ohne jegliche Beteiligung ihres ehemaligen Arbeitgebers von uns aufgesucht und endgültig zum Schweigen gebracht.*

Der Prototyp befindet sich derzeit auf dem Weg zu Ihrem Büro im One Industries Hauptsitz auf Gran Canaria.

Anhand der Daten von Brasil *ist der* Bird Booster *Prototyp um ein Vielfaches effektiver als die bisherigen Modelle und trägt nachweislich zu einer Dezimierung der Plage bei.*

Die Trommelfelle der Vögel werden durch die modifizierten Druckwellen und Frequenzen zum Platzen gebracht, wodurch sie orientierungslos verenden.

Wobei dies bei den ersten Modellen der Booster *schon einmal gelang und nur temporär anhielt. Jedoch bleiben die Zahlen weiter vielversprechend.*

Weitere kleine Projekte gegen uns und die Ausweitung unserer Macht, konnten wir durch gezielte Attentate niederschlagen. Eine 80-prozentige Erfolgschance wurde über unsere versteckte Funktion in den Social-Pods *erreicht. Mit dieser war es möglich, gezielt einzelne Individuen auszuschalten. Einige Sonderfälle mussten durch den Einsatz einer Spezialeinheit unter Kontrolle gebracht werden. Sie wissen ja was ich meine.*

Jetzt, da Bird Booster *und* Social-Pods *vom Rat gesteuert werden und sich alle vielversprechenden Projekte entweder in Luft aufgelöst haben oder sich ebenfalls in Hand der Ratsmitglieder befinden, wurde erfolgreich ein Abhängigkeitsverhältnis zwischen dem Weltrat und jedem einzelnen Menschen auf der Erde hergestellt.*

Damit steht einer Regulierung der Bürger zu ihrem eigenen Wohle nichts mehr im Wege.

Ich bedanke mich für das entgegengebrachte Vertrauen und hoffe bald wieder für sie tätig zu sein.

Mit freundlichen Grüßen

Matteo Manuelson

Welt-Verteidigungsminister

„Es offenbart sich alles als immer noch schlimmer als im Vorfeld angenommen", sagte Amari bedrückt zu Dre, während dieser angespannt vor sich hin schwieg.

„Ich bin fertig mit dem Lesen", tippte Sie in den Chat.

Als hätte er schon sehnsüchtig darauf gewartet, kam die Rückmeldung fast zeitgleich mit Amaris letzten getippten Buchstaben.

„Dieses asoziale Pack von Weltrat, angeführt von Chao, dem Satan in Person. Ich hasse ihn so sehr", schimpfte Andy.

„Was hat er Ihnen denn angetan?", fragte sie den Programmierer neugierig.

„Meine Frau und ich arbeiteten früher in einer *One Industries* Niederlassung in den USA. Sie leitete zu dieser Zeit die Energieabteilung. *One Industries* stellte an jedem

Produktionsstandort den eigenen Strom über kleine Nuklearkraftwerke her. Chao führte ab und zu einige Tests mit den Kraftwerken durch, bei denen er meine Frau nicht dabeihaben wollte. Eines Tages veranlasste er, sie doch zu einem Experiment herbeizurufen. Er bat sie darum, in den Reaktor zu gehen und den manuellen Ausschalter zu betätigen. Sie wäre aufgrund ihrer Erfahrung am besten dafür geeignet. Mit dem Wissen, dass im Reaktorraum eine hohe Strahlenbelastung existierte, weigerte sich meine Frau. Dieser Arsch versicherte daraufhin, dass sie lediglich sogenannte *Kalte Tests*, mit nicht radioaktivem Ersatzmaterial durchgeführt hatten. Sie vertraute ihm und führte seinen Wunsch aus. Drei Jahre später starb sie an Krebs.

„Das ist ja schrecklich“, schrieb Amari schwer betroffen. „Kein Wunder das Sie Chao nicht leiden können.“

„Nicht leiden? Er widert mich an. Jede Pore meines Körpers möchte ihn umbringen“, berichtigte Andy. „Aber der Grund, weshalb ich unbedingt mit Ihnen sprechen wollte, ist ein anderer. Aufgrund des Dokumentes, in dem von einer *versteckten Funktion* der *Social-Pods* die Rede war, habe ich meine *Pods* mal genauer unter die Lupe genommen. Dabei habe ich Codezeilen gefunden, deren Funktion es war, die Akkus der *Pods* zu überladen und einem wortwörtlich das Hirn über die Ohren rauszupusten. Aktiviert wird das Ganze aus der Ferne über eine drahtlose Netzwerkverbindung.“

„Ich habe mich schon gefragt was sie mit *versteckter Funktion* meinen“, schrieb Amari in den Chat. „Ich muss das alles erstmal verarbeiten. Heilmittel gegen die Plage, korrupter Weltrat, *Social-Pods,* die für Attentate missbraucht werden und Ihre Frau, die unnötig ihr Leben lassen musste."

„Danke das Sie meine Frau mit aufgezählt haben", erwiderte Andy. „Ich habe es zum Glück geschafft, diese Funktion zu entfernen. Wenn sie mir Fernzugriff auf Ihre *Pods* gewähren, dann programmiere ich diese ebenfalls um", bot er Amari an.

„Vielen Dank Andy, aber könnten Sie die *Pods* von meinem Freund auch umprogrammieren?", fragte Amari. „Er war mir eine große Hilfe beim *Brasil* Einbruch, ohne ihn hätte ich es nicht geschafft. Sie können ihm vertrauen."

„Okay, dann soll er mir ebenfalls die Freigabe für einen Fernzugriff erteilen", ließ der Programmierer Amari wissen.

Dre und Amari stimmten dem Fernzugriff zu und die versteckte Attentäter-Funktion wurde von Andy aus den *Social-Pods* der Beiden entfernt.

Ein Dankeschön mit tausend Herzen wurde von Amari, für Andy, im Chat hinterlassen. Amari war erschöpft vom ereignisreichen Tag und musste sich erst einmal zum Nachdenken und Erholen in ihr Zimmer begeben.

Dre legte sich wortlos zu ihr und Amari begann, an die Decke blickend, laut zu denken.

„Ein harter Tag, oder? Wir haben da ganz schön was aufgedeckt. Was Menschen alles für Macht tun? Ich verstehe das alles nicht. Mein ganzes Leben akzeptierte ich die Plage als Naturgewalt. Und jetzt sowas. Es ist meine

Pflicht, etwas dagegen zu unternehmen“, sagte sie und drehte sich zu Dre. „Hör zu, ich weiß ich verlange immer viel von dir. Und mir ist klar, dass unsere bisherigen Leben komplett verschieden waren. Hast du nicht auch das Bedürfnis, etwas zu tun? Jetzt, wo du weißt, dass Unterlagen zu einem Prototypen existieren, der uns retten könnte. Ohne dich schaffe ich das nicht. Und ich will es auch nicht ohne dich schaffen. Ich will eigentlich immer bei dir sein. Ich will bei dir sein, weil ich mich in dich verliebt habe.“

Dre zögerte einen Moment und erwiderte: „Ich habe mich auch in dich verliebt.“

Sie küssten sich und kuschelten einige Minuten, bis Dre von Amari abließ und sagte:

„Aber ich kann diesmal trotzdem nicht mit dir kommen, um bei Curtis Chao einzubrechen. Es geht einfach nicht. Und ich will nicht, dass du allein dort einbrichst. Ich will gar nicht, dass du dort einbrichst“, forderte Dre.

Amari richtete sich auf und antwortete mit entschlossener Stimme und todernstem Blick: „Du kannst sagen was du willst, du kannst machen was du willst. Ich werde mir die Unterlagen von Chao besorgen. Und wenn es mich das Leben kostet.“

Dre zögerte wieder einen Moment. Diesmal dachte er angestrengt über seine nächsten Worte nach. Fast als würde er seine Optionen abwägen. Er richtete sich ebenfalls auf und teilte Amari mit besorgter, ernster Miene mit: „Okay, dann werde ich dich begleiten.“

Wortlos erhob er sich aus dem Bett und ging in sein Zimmer.

Amari war baff von seiner kalten Art und das, nachdem sie sich gegenseitig die Liebe gestanden hatten. Dennoch wusste sie, dass ihm etwas an ihr liegen würde, da er sie begleitete.

Nach einem ganzen Tag Funkstille betrat Dre die Küche, während Amari gerade frühstückte und fing an euphorisch zu erzählen:

„Du wirst es nicht glauben. Seit gestern bin ich dabei, unseren Einbruch bei *One Industries* zu planen. Andy hat mir am Abend den Plan des Gebäudes zugesandt. Mir ist aufgefallen, dass Chaos Büro von oben am besten zu erreichen ist. Rein zufällig suchen sie jetzt gerade Gärtner, die sich um den Botanischen Garten auf dem Dach kümmern. Über das Online-Portal habe ich sofort zwei gefälschte Bewerbungen eingereicht. Nach zwei Stunden war eine Antwort im Postfach. Aufgrund einer derzeitigen Überlastung der Personalabteilung und dem dringenden Bedürfnis der Geschäftsleitung, den Dachgarten in Ordnung zu bringen, können wir am Montag ohne weiteres Vorstellungsgespräch direkt mit der Arbeit anfangen."

Ein wenig irritiert akzeptierte Amari erstmal die frohe Botschaft.

„Danke für die Mühe", sagte sie. „Dann also am Montag. Wie wollen wir weiter vorgehen?"

Dre erklärte: „Wir werden in unseren Werkzeugkisten zwei Seile mit uns führen und unsere Arbeit auf dem Dach aufnehmen. In einem günstigen Zeitpunkt klettern wir dann das eine Stockwerk hinunter zur Dachterrasse von Chaos

Büro. Von da an muss es schnell gehen. Ich mache mit dem Glasschneider ein Loch in das Fenster, durch das wir dann hineinkommen. Wir suchen das Dokument und klettern am Seil wieder auf das Dach zurück. Ohne dass es jemand bemerkt und uns verdächtigt, bringen wir unseren Dienst zu Ende und gehen, als wäre nichts gewesen, nach Hause."

Amari erkundigte sich nicht ganz überzeugt: „Was, wenn Chaos Fenster aus Panzerglas bestehen? Was wenn sie uns doch verdächtigen, wenn sie das Loch im Glas entdecken?"

„Vertrau mir einfach, das wird garantiert kein Panzerglas sein. Chao ist laut den Nachrichten am Montag im Weltrat und nimmt den ganzen Tag an einer Sitzung teil, uns wird niemand entdecken."

„Ich weiß nicht", haderte Amari.

„Ich bin dir bei deinem Plan auch blind gefolgt", merkte Dre an.

Nach kurzer Bedenkzeit hatte sich Amari entschieden und sagte: „Ok, ich vertraue dir und komme mit, lass es uns so machen wie du es geplant hast. Und jetzt komm her, du brummiger Bär."

Amari schnappte sich Dre und sie küssten sich.

Die noch übriggebliebene Zeit nutzte Amari, um professionelle Gartenausrüstung aufzutreiben. Blaumänner zum Anziehen, Heckenschere, Handrasenmäher für kleine Ecken, Harken, Rächen und zwei Kletterseile standen auf ihrer Liste.

Der Montag war so schnell gekommen und es spielte sich alles ab wie in einem Film, als wäre sie nur eine Zuschauerin. Die Arbeitskleidung wurde angelegt, die Werkzeugkoffer gepackt und schon saßen sie in der Transportkabine auf dem Weg zum *One Industries*-Firmensitz.

Vor ihnen erhob sich ein farbloser, langweiliger Glasquader in die Lüfte. Ganze 107 Stockwerke eintöniges Gebäude. Außer seiner Höhe hatte es nichts an Schauwert zu bieten. Die architektonischen Highlights waren die Schäden an der Außenwand, die von den Krähen beim Einfall auf Gran Canaria hinterlassen worden waren.

Dem minimalistischen Stil treu geblieben zeigte sich der Eingangsbereich. Pragmatisch eingerichtet, komplett in grau gehalten, befand sich nur das Allernötigste in der nur so vor Platz strotzenden Halle. Dies bedeutete konkret: ein Schreibtisch inklusive Arbeitskraft und drei Stühle zum Warten.

Alles bei *One Industries* war perfekt organisiert und höchst professionell. Am Empfang waren sie bereits angemeldet. Ein Sicherheitsmitarbeiter stand wartend bereit und begleitete sie auf das Dach, wo sie mit der optischen Aufbesserung des Gartens beginnen sollten.

„Wow, was für ein Ausblick“, staunte Amari. „Mindestens genauso schön wie der bei Dre zuhause.“

Sie warf einen kurzen Blick zu Dre, aber er schien die Aussicht überhaupt nicht zu bemerken. „Für ihn musste solch eine Aussicht schon völlig normal sein“, dachte sie sich.

Als sie die angelegten Beete und sprudelnden Brunnen begutachtete, waren diese für sie hervorragend in Schuss. Aber Amari hatte ja keine Ahnung wie so ein Dachgarten aussehen sollte und welche Ansprüche die reichen Leute hatten.

„Das läuft echt super, viel zu gut irgendwie“, flüsterte Amari.

Dre flüsterte zurück: „Beschwer dich nicht, es läuft heute einfach. Wir dürfen auf keinen Fall den *Flow* unterbrechen.“

Amari sah ein, es könnte eventuell einfach nur gut laufen. Da sie keinerlei gärtnerische Fähigkeiten besaßen, taten sie das, was sie -ihrer Meinung nach- für Gartenarbeit hielten. Amari wühlte planlos mit einer kleinen Harke in der Erde und Dre schnitt die Büsche mit der Heckenschere krumm und kaputt.

Als sich der Sicherheitsmann vom Dach entfernt hatte und die beiden für einen Moment allein waren, begaben sie sich an den Rand des Daches. Die Seile an zwei Bäumen befestigt, kletterten sie auf die Terrasse vor Chaos Büro. Kaum berührten ihre Füße den Terrassenboden, sprang ihnen die offengelassene Tür in Chaos Büro geradezu ins Gesicht.

„Die steht aber sehr einladend offen“, dachte sich Amari misstrauisch. „Es fehlt nur noch das Hinweisschild *Bitte eintreten*.“

Mittlerweile waren es einfach zu viele Zufälle, die ihnen das Leben erleichterten. Sie überlegte welche Möglichkeiten ihr zur Wahl standen, entschied sich aber schlussendlich dafür wie geplant weiterzumachen, da sie sich ja bereits vor der Tür zu Chaos Büro befand.

Innerhalb der Räumlichkeiten setzte sich Dre sofort an den Laptop, der auf Chaos Schreibtisch stand und begann wie wild auf dessen Tastatur zu tippen.

Amari schaute sich um. „Was für ein schönes Büro", staunte sie.

Die Decke bestand aus seltenem Echtholz im Stile des Fachwerkbaus. Der Boden war aus wunderschönem, schwarz-dunkelblau meliertem Marmor und an die Wände waren nahtlos ineinander übergehende Bildschirme verbaut worden, die in der Lage waren, sich jeglicher Stimmung anzupassen.

„Ich habe es", rief Dre.

Völlig überrascht eilte Amari hinüber zu Dre.

„Wie kann das sein?", fragte sie ihn verwundert.

„Keine Ahnung, die Datei lag einfach ungeschützt auf dem Rechner", erklärte er. „Das ist eine ausführende Datei. Mit ihr ist es möglich, den *Boostern* ein neues Setup aufzuspielen."

„Wirklich? Dann muss dies das Projekt gewesen sein, an dem *Brasil* gearbeitet hat und weswegen *White Owl* in seinem Job gekündigt wurde. Lade mir doch bitte die Datei schnell auf meine *Pods* hoch, Dre."

„Ist erledigt", bestätigte Dre.

Beide vernahmen ein langsames Klatschen aus Richtung der Eingangstür.

„Bravo“, sagte jemand mit ruhiger, dominanter Stimme.

„So jung und bereits mutiger als die Meisten.“

Es war Curtis Chao, Weltrats Mitglied und Geschäftsführer von *One Industries* höchstpersönlich.

„Dachtet ihr es wäre wirklich so einfach, in mein Büro einzubrechen?“, sagte Chao. „Ich gab euch den Job. Ich ließ euch die Tür auf. Als Belohnung für eure leidenschaftliche Suche, gewährte ich euch sogar Einsicht in die geheimen Unterlagen des Prototypen. Ihr müsst wissen, es ist nicht einfach in meiner Position. Das ständige Lügen und Verfälschen der Wahrheit. Das Ermorden von uns gefährlich werdenden Personen. Und, natürlich nicht zu vergessen, das Verhindern von Fortschritten bei der Forschung nach Lösungen gegen die Plage, dem ich seit Jahren so voller Hingabe nachgehe.“

Chao hatte einen zufriedenen Ausdruck im Gesicht und genoss es endlich frei, ohne sich zu verstellen über seine Taten sprechen zu können.

„Und bei all der vielen Arbeit nehme ich mir auch noch die Zeit für euch“, erklärte er. „Immer wieder stellten sich mir Leute wie ihr in den Weg. Selbsternannte Weltverbesserer. Und immer wieder habe ich sie zerschlagen und ausgelöscht. Nicht einmal *Brasil* konnte sich damals durchsetzen. Aber dies habt ihr ja bereits selbst herausgefunden. Am Anfang waren wir ebenfalls besorgt, als die ersten Forschungsergebnisse zu den Tiermutationen bei uns aufschlugen. Aber nach und nach sahen wir es als Segen. Ein Mittel, um die gesamte Menschheit in würdige Hände zu legen, zu kontrollieren und vor Schlimmerem zu bewahren.

„Bla Bla, wie immer alles zum Wohle der Menschheit. Sie hören sich sehr gern beim Reden zu“, rief ihm Amari feindselig zu.

„Das stimmt, ich bin das Gegenteil deines Kumpels Dre. Nicht war Dre? Der möchte nämlich am liebsten gar nicht reden. Aber ich denke es ist langsam an der Zeit deiner Freundin zu erzählen, dass du mir geholfen hast die heutige Party zu planen.“

„Was?“, schrie Amari und ihr Herz erlitt fast einen Stillstand.

Sie schaute zu Dre der bleich wie der Tod und schweigend wie ein Grab vor seinem Computer saß.

„Das Ausdiskutieren müsst ihr euch leider für das Jenseits aufsparen. Die euch bereits bekannte *versteckte Funktion* der *Social-Pods* wird sich nun um euch kümmern.“

Er machte ein paar Bewegungen und stand da, als würde er auf etwas warten. Ein zweiter Versuch und wieder wartete er vergebens auf ein Ereignis.

„Was ist hier los?“, fragte er verwirrt.

Auf einmal vernahmen alle drei eine bekannte Stimme über ihre *Pods*. Es war Andy, der sich an Chao wandte.

„Hallo Chao. Es ist lange her. Endlich komme ich in den Genuss meiner Rache“, sagte Andy in einem zufriedenen Ton.

„Sagen sie mir sofort, wer sie sind!“, befahl Chao mit dominantem Ton.

„Hier ist dein Lieblings Programmierer Andy, dessen Frau du auf dem Gewissen hast.“

„Nicht Sie schon wieder Andy, Sie sind eine Nervensäge. Überdurchschnittlich attraktiv, sodass sich eine solch lange Trauerphase rechtfertigen würde, war ihre Frau doch keinesfalls. Lassen sie mich doch endlich mal in Ruhe und besorgen sie sich einfach eine neue Frau. Es gibt ja mehr als genug dort draußen.“

„Klappe halten Chao“, brüllte Andy über die *Pods* in Chaos Ohren.

„Nein Sie halten die Klappe oder ich stelle mit Ihnen das Gleiche an wie mit ihrer Frau“, drohte Chao mit kaltem, emotionslosem Ausdruck im Gesicht.

„Ich bin dir dieses Mal zehn Schritte voraus, Chao. Du wunderst dich bestimmt, warum dein Tötungsbefehl nicht ausgeführt wurde. Ich habe die *Pods* der beiden umprogrammiert und die Funktion entfernt, die für dich all die Jahre die Drecksarbeit übernommen hat. Aber jetzt kommt das Beste, das war noch nicht alles: Ich habe auch ein neues, selbstgeschriebenes Programm hinzugefügt. Während ihr euch so prächtig unterhalten habt, wurde still und leise dein Lieblingsprogramm auf deinen eigenen *Pods* installiert. Deine zwei unwissenden Gesprächspartner bei dir im Raum haben mir das ermöglicht. Über eine Direktverbindung aus nächster Nähe konnte ich deine Sicherheitsvorkehrungen mit Leichtigkeit überwinden."

Chao wurde zum ersten Mal unruhig da er ausnahmsweise nicht Herr der Lage war.

„Ich sage es mit den Worten, die du damals zu meiner Frau gesagt hast:

Ich kann leider nichts mehr für sie tun."

Zwischenkapitel

Wer ist Curtis Chao?

Vor 62 Jahren wurde in China ein Kind geboren, dessen Zukunft vielversprechender nicht sein könnte. Geschützt im Schoße einer wohlhabenden Familie, die nie mit dem Gesetz in Konflikt geraten war. Unterstützt von Verwandten mit hohen Bildungsabschlüssen, sogar ein Nobelpreis in Physik, befand sich in Familienbesitz. Und das Wichtigste, alle waren kerngesund und erreichten ein hohes Alter. Damit war ein solides Fundament gelegt.

Der Name des Jungen war Curtis und der Familienname, dem er verpflichtet war, genoss in China ein Ansehen, das dem eines Königs ebenbürtig war. Es war der Familienname Chao, dem der Junge gerecht werden musste.

Bereits in der Grundschule waren alle kindlichen Macken des Jungen ausgetrieben und er verhielt sich stets vorbildlich. Gute Noten, Engagement für Schulprojekte, immer ein gepflegtes Äußeres. Denn sobald er diesen Vorgaben, die seine Eltern ihm auferlegten nicht nachkam, wurde er massiv von ihnen unter Druck gesetzt. Ein normales Kind wäre nicht im Stande gewesen mit solch einer Belastung umzugehen, aber Curtis wurde quasi von Tag eins zurechtgebogen und konditioniert. Er hatte sich daran gewöhnt.

Als Curtis die Mittelschule besuchte entwickelte er eine Leidenschaft für Architektur. Bei jedem Spaziergang sah er sich alle Gebäude genauestens an, zeichnete abends nach dem Lernen neue Entwürfe und baute diese aus dünnen Holzstäbchen nach.

Seine Eltern waren darüber nicht sehr erfreut, sie hatten für ihn einen anderen Weg vorgesehen.

Um den Namen mit Würde fortzuführen wurde entschieden, dass Curtis Wirtschaftspolitik studieren sollte. Aus diesem Grund veranlasste sein Vater, dass alles, was nur im Ansatz nach Architektur aussah, von den Bediensteten vernichtet werden sollte. Von diesem Tag an, gehörte es zu den Aufgaben des Servicepersonals ein kritisches Auge auf Curtis zu werfen, damit er sich auf die richtigen Dinge konzentrierte.

So kam es dazu, dass Curtis Wirtschaftspolitik studierte. Anfänglich litt er sehr darunter. Immer wieder zeichnete er in den Vorlesungen neue Entwürfe. Aber nachdem er mit einigen Mitstudierenden Mitglied einer Jungpartei wurde, fing es ihm an Spaß zu machen. Nicht wegen der Aufgaben an sich, sondern weil er eine Ausrede hatte, nicht zuhause sein zu müssen.

Hartnäckig erkundigten sich seine Eltern einmal in der Woche nach seinem Karriere- und Studienfortschritt.

Nach den ersten politischen Stadt- und Regionalwahlen die er gewann, konnte er auch auf Provinzebene die ersten Erfolge feiern, ganz zur Freude seiner Familie.

Er genoss allmählich das Ansehen, welches man ihm entgegenbrachte.

Die Wahl zum Parteivorsitzenden war der nächste Schritt. Es war ein knappes Rennen, da ein sehr angesehener Kollege gegen ihn antrat. Aus Angst zu scheitern und sich vor seiner Familie die Blöße geben zu müssen, nahm er Geld in die Hand und beeinflusste einige Wahlberechtigte seiner Partei.

Anstatt ein schlechtes Gewissen zu haben, gefiel es ihm, alles nach seinem Belieben zu manipulieren.

Im ersten Jahr in seinem Amt wurde ihm in einer Sitzung von einer Vogelplage berichtet unter der viele Menschen litten. Es wurde ihm versichert, dass er nichts zu befürchten hätte. Mit der Gewissheit, ihm würde nichts geschehen, hakte er das Thema einfach als unwichtig ab.

Sein Plan sah vor, auch auf wirtschaftlicher Ebene zu expandieren. Ein Unternehmen nach dem anderen wurde von ihm genauestens unter die Lupe genommen. Nach einem Jahr der Suche fand er eine geeignete und vielversprechende Firma mit Potential die er übernehmen konnte. Es verschlug ihn ins spanische Barcelona. Chao machte dem Besitzer ein Angebot, das er nicht ablehnen konnte. Auf einer Forderung beharrte der spanische Geschäftsmann jedoch, er wollte 25,1 % behalten, um weiterhin, zumindest bei großen Veränderungen der Firmengrundsätze, ein Vetorecht zu behalten. Chao sah die grenzenlosen Möglichkeiten dieser Firma und stimmte dem Geschäft zu.

Als er Wirtschaftsminister der Volksrepublik China wurde wüteten die Krähen bereits in vollem Umfang.

Ihm wurde ein geheimes Dokument vorgelegt, in dem die weitere Entwicklung der Plage prognostiziert wurde. Es waren erschütternde Zahlen, aber Chao überlegte, wie er diese zu seinem Vorteil nutzen konnte.

Zuallererst sorgte er dafür, dass in seiner Firma, die nun unter dem Namen *One Industries* geführt wurde, alle Produktionsstandorte und auch alle zukünftigen, eine unabhängige Stromversorgung bekamen. Auf diese Weise war seine Unabhängigkeit auch in Zukunft gewährleistet. Er hatte dafür eine fähige Frau beauftragt, die ihm gute Dienste erwies.

Aufgrund einer massiven Verschlechterung der Lage und unzähligen Berichten von Todesfällen, verursacht von Krähen, wurde der Weltrat ins Leben gerufen. Die größte Wahl in der Geschichte der Welt stand an und Curtis war der Nummer-Eins-Kandidat für einen Sitz. Unterstützt von den Reichen und Mächtigen des Landes, denen er selbstverständlich allen etwas schuldig war, wurde er zusammen mit 32 aus allen möglichen Nationen stammenden Politikern, in das erste politische Gemeinschaftsprojekt der Erde gewählt an dem alle Staaten ausnahmslos beteiligt waren.

Der Weltrat war dazu gedacht, einheitliche Entscheidungen zur Bekämpfung der Krähen zu treffen und umzusetzen. Regelmäßig wurde den Mitgliedern daher die aktuelle Lage geschildert.

Die Mitglieder des Rates, und vor allem Chao, genossen es die Welt nach ihrem Willen zu formen. Und so waren sie bereits in ihrer ersten Amtszeit eher daran interessiert ihre Macht aufrecht zu erhalten als den Notzustand zu beenden.

Sie veranlassten, dass die Ämter im Weltrat von nun an auf Lebenszeit waren. Rechtfertigen konnte sie dies, da die gesamte Welt im Ausnahmezustand war. Da gab es keine Zeit für Wahlen und es interessierte auch niemanden. Die Meisten waren damit beschäftigt zu überleben.

In einer Sitzung bot sich Curtis freiwillig an die Zerschlagung vielversprechender Projekte zu übernehmen. Der Rat nahm seine Dienste gerne in Anspruch und versorgte Chao mit allen nötigen Informationen.

In der Zwischenzeit verstarben beide Elternteile von Chao. Für den unterdrückten Jungen war es ein befreiendes Gefühl. Nun konnte er wirklich machen was er wollte.

Er zerschlug ganze Länder, ermordete tausende Menschen und verhinderte erfolgreich alles, wodurch der Weltrat Macht einbüßen könnte.

Eines Tages erhielt er Informationen zu einer Technologie, die von der Firma *Brasil* entwickelt wurde. Sie war im Stande die Vögel von den Städten fernzuhalten und bot eine Möglichkeit zur Kontrolle der Einwohner. Diese Chance wollte sich Curtis nicht entgehen lassen.

Chao entwickelte ein Konzept auf Grundlage dieser Daten und stellte es dem Rat vor.

Der Weltrat war begeistert. Kraft des Gesetzes holte sich Chao die Kontrolle über die *Bird Booster*, wie sie die Firma *Brasil* nannte und entwickelte bei *One Industries* ein tragbares Gerät, mit dem Menschen im Einzugsgebiet der Türme völlig normal leben konnten. Die *Social-Pods* waren geboren. Damit schuf Chao eine Abhängigkeit, mit der jeder Mann und jede Frau kontrollierbar gemacht wurde.

Curtis ließ jede Schraube und jede Software seiner Geräte patentieren. Die obersten Köpfe seiner Firma plädierten an seine Vernunft. Sie wiesen ihn darauf hin, dass es, um schnell zu helfen, effektiver wäre, mehrere Firmen gleichzeitig daran arbeiten zu lassen. Der Mitarbeiter, der sich getraut hatte, die Meinung der Anderen laut auszusprechen, wurde von Chao auf der Stelle gekündigt. Von da an wurde er stets bei seinen Plänen unterstützt.

Der spanische Geschäftsmann dem 25,1 Prozent der Firma gehörten war inzwischen verstorben und seine Anteile wurden an seinen Sohn vererbt. Chao konnte mit dem Nachfahren einen lukrativen Deal vereinbaren. Von nun an war alles möglich. Der Erbe unterschrieb ihm alles, was er wollte. Endlich keine alte Bremse mehr, die Beschlüsse in seiner Firma blockierte.

Dann kam der Tag an dem er einem geheimen Meeting beiwohnte, in dem ihm eine versteckte Funktion für seine *Social-Pods* vorgestellt wurde. Unglücklicherweise platzte seine Energiebeauftragte herein und es bestand die Möglichkeit das sie etwas von den Plänen aufgeschnappt haben könnte. Diese geheime *Funktion* war dafür gedacht, Feinde des Rates still und leise zu eliminieren. Auf keinen Fall durfte dies an die Öffentlichkeit.

Chao konnte es nicht mit Sicherheit sagen, ob die Energiebeauftragte etwas mitbekommen hatte, aber er konnte auch nichts riskieren.

Bei einem seiner Belastungstests mit der Energieversorgung bestellte er die Frau ein und zwang sie, einen radioaktiv verstrahlten Bereich zu betreten, um dort etwas für ihn zu erledigen. Er musste sich innerlich schieflachen, als sie ihm glaubte, dass ein Betreten des Reaktors ungefährlich wäre. Wie leichtgläubig diese Arbeiterbienchen doch waren.

Sie musste zum Wohle der Menschheit geopfert werden, dachte er sich, als sie drei Jahre später an Krebs starb. Er hatte eigentlich gehofft, die Frau würde viel schneller den Tod finden, sie war schließlich ein Sicherheitsrisiko.

Über eine versteckte Funktion kam nie etwas ans Licht.

Einige Jahre später verstarb der Nachfahre des spanischen Geschäftsmannes und Chao musste dafür sorgen, dass auch dessen Sohn, der die Anteile vererbt bekam, nach seiner Pfeife tanzen würde. Also sandte er Mitarbeiter zu dessen Haus, die ihm einen Vorschlag unterbreiten sollten. Der junge Mann war aber hartnäckiger als erwartet und lehnte ab. Nach mehreren Einschüchterungsversuchen gab Chao einen Befehl, den nur ein eiskaltes Herz aussprechen konnte. Er verletzte ein ungeschriebenes Gesetz und vergriff sich an der Familie des jungen Erben. Die Maßnahme wirkte und der Inhaber der mächtigsten Firma der Welt, bekam wieder einmal genau das, was er wollte.

Curtis Chao führte ein einsames Leben ohne Freunde und Familie. Frauen bezahlte er für seine niederen Bedürfnisse. Er duldete niemals zweimal dieselbe Dame in seinem Bett. Er hatte Angst davor, andere Menschen zu mögen. Denn Familie und Freunde waren Schwachstellen, über die man ihn unter Druck setzen könnte. Er selbst setzte diese Methode regelmäßig ein. Von seiner eigenen Familie hatte er sich deshalb schon lange abgewandt. Nur die Firma und die Machterhaltung zählten. Diese genoss er jeden Abend mit einem Glas Wein und den Umsatzzahlen des Tages vor ihm auf dem Tisch.

Bis zu dem Tag, an dem Curtis Chao mit Amari und Dre in seinem Büro stand.

Wieder zurück im jetzt...

Peng! Ein lauter Knall erschütterte den Raum. Amari und Dre sahen nur wie das Innere von Chaos Kopf durch das Zimmer flog und sich überall verteilte. Curtis Chao war auf der Stelle tot und fiel regungslos zu Boden.

Amari wurde schlecht, immer mehr Sternchen tummelten sich in ihrem Sichtfeld, bis sie schlussendlich in die Knie ging. Am Boden wurde sie gleich wieder Frau der Lage und konnte sich fangen. Sie sah, wie Dre ihr zur Hilfe eilen wollte.

Ihm zuvorkommend schrie sie ihn mit allem, was ihre Stimme hergab an:

„Verschwinde!

Ich will dich nie wieder sehen, ich habe dir vertraut und du hast mich nach Strich und Faden verarscht. Verschwinde bloß."

Dre stoppte seinen Rettungsversuch und sagte wehmütig: „Es tut mir leid, ich hatte keine Wahl. Ich ..."

Amari unterbrach ihn und brüllte: „Ist mir egal. Man hat immer eine Wahl. Ich dachte wir lieben uns. Komm mir nicht mehr unter die Augen."

Dre sackte zusammen. Amari, die wieder zu Kräften kam, wollte nur noch raus aus dem Gebäude. Ohne darüber nachzudenken, verließ sie das Büro, ausnahmsweise durch die genau dafür gedachte Tür. Ohne Umwege steuerte sie direkt zum Fahrstuhl. Zu ihrem Glück wurden die biometrischen Daten, um in das Penthouse zu gelangen, nur abgefragt, wenn man von unten nach oben wollte. Der Fahrstuhl beförderte sie deshalb umgehend nach unten in die Lobby, von wo aus sie das Gebäude verließ. Was mit Dre passierte, war ihr in diesem Augenblick egal.

„Ich will hier raus", war der Gedanke der aktuell Priorität genoss.

In dem Moment, als sie an die frische Luft kam, wurde ihr bewusst, dass sie noch die Daten des Prototyps auf ihren *Social-Pods* hatte.

„Wie soll ich das nur alles allein schaffen…", ging ihr durch den Kopf.

„Wie soll ich das nur alles allein schaffen…"

Kapitel 7:

Maximum Boost

Seit Tagen übernachtete Amari wie früher, in irgendwelchen trockenen Ecken, die ihr genügend Schutz boten. Sie spürte am eigenen Leib, wie schnell sich der menschliche Körper an gute Dinge gewöhnen kann. Die vergangenen Tage waren hart aber für sie kam eine Rückkehr zu Dre auf keinen Fall in Frage.

„Dieser Arsch“, schwirrte ihr dauernd durch den Kopf. „Ich hätte ihm noch eine knallen sollen“, wünschte sie sich in Gedanken.

Sie war zutiefst verletzt von seinem Verrat. Wut und Enttäuschung wechselten sich regelmäßig ab.

Ihr täglich Brot war es, neben der Suche nach Nahrung, Wasser und einem Schlafplatz, jemanden zu finden, der ihr ohne eine Bezahlung mit den gestohlenen Daten helfen würde. Jedes Mal, wenn sie das Gefühl hatte, die Person wäre kompetent genug sich ihrem Problem anzunehmen, verlangten diese stets eine Gegenleistung. Von utopisch hohen Geldbeträgen bis zu fleischlichen Vergütungen war alles dabei.

„Warum kenne ich mich nur so schlecht mit Computern aus“, machte sie sich selbst zum Vorwurf.

Wie jeden Tag, trudelte wieder eine verzweifelte Kontaktaufnahme des – wie Amari dachte - Verräters per Mail über die *Pods* ein.

„Wenn ich nur wüsste, wie ich das blockieren kann, dann wäre dieser Kerl endlich komplett aus meinem Leben verschwunden“, fauchte sie ins Leere.

Seit 14 Tagen war sie nun erfolglos auf der Straße unterwegs. Nach wie vor fleißig auf der Suche nach jemanden, der ihr helfen könnte. Langsam hatte sie sich wieder mit dem Streuner Dasein abgefunden.

Ein weiterer nicht hilfsbereiter Genosse der ablehnte, begegnete ihr. Wobei ablehnen nicht ganz der Wahrheit entsprach. Amari hätte lediglich zwei ihrer zukünftigen Kinder an ihn abtreten müssen, um seine Hilfe zu erhalten. Der gute Mann war zeugungsunfähig und wollte seinen Namen um jeden Preis weitergeben. Auch bei dieser Niete, wie schon bei den letzten Drei, dachte Amari darüber nach, Dre um Hilfe zu bitten. Natürlich nur für das Allgemeinwohl. Kaum hatte sie an ihn gedacht, versuchte er wieder über die *Pods* Kontakt aufzunehmen. Diesmal über die Telefonfunktion.

30 Tage lang musste sie sich bereits mit Idiotie herumschlagen, die es auf Gran Canaria anscheinend wie Sand am Meer gab. Das Leben auf der Straße bereitete ihr keine Probleme mehr, aber sie machte keinerlei Fortschritte, bei dem was sie vorhatte.

Hilfesuchend und aus Neugierde, was er zu sagen hatte, stand Amari vor Dre‘s Tür. Sie läutete die Klingel. Als hätte Dre sehnsüchtig auf ihre Ankunft gewartet, öffneten sich die

Flügeltüren des Hauses. Sichtbar erleichtert Amari zu sehen, hielt er seinen Kopf vor Scham gesenkt.

Sie gingen hinein und setzten sich auf das Sofa im Wohnzimmer.

„Erklär es mir“, sagte Amari fordernd. „Ich gebe dir eine Chance alles zu erklären.“

Dre nickte und fing an zu erzählen, stets mit starrem Blick auf den Boden gerichtet:

„Bitte hör mir erst zu“, bat Dre. „Ich werde dir alles erzählen. Anfangen muss ich bei meinem Großvater, der vor einigen Jahren ein großer Geschäftsmann war. Aus dem Nichts hatte er eine der größten Firmen der Geschichte gegründet. Kurz vor seinem Ruhestand erkrankte er an Demenz. Noch bevor die Krankheit ihm alles genommen hatte, war er in der Lage den größten Deal seines Lebens unter Dach und Fach zu bringen. Er verkaufte seine Firma. Und jetzt halte dich fest. Er verkaufte seine Firma an Curtis Chao.

„Was?“, rief Amari ungläubig dazwischen.

„Bitte Amari, lass mich erst zu Ende erzählen“, sagte Dre. „Die Firma die mein Großvater gründete und an Curtis Chao verkauft hatte, war und ist bekannt unter dem Namen *One Industries*, dem Namen der heute auf der ganzen Welt bekannt ist. Da meine Mutter und mein Vater früh starben, wurde mir dieses Vermögen vererbt. Es war wirklich verdammt viel Geld. Um bei wichtigen Fragen, zum Beispiel Satzungsänderungen, Neu-Auslegung der Strategie oder einer Fusion, ein Veto einlegen zu können, hatte mein Großvater 25,1 Prozent seiner Anteile zurückgehalten und veranlasste im Erbe, dass diese nicht verkauft werden durften. Somit hatte ich nicht nur das Vermögen, sondern auch die 25,1 Prozent von *One Industries* geerbt. Gleich nachdem ich die Anteile bekommen hatte, versuchte ich sie zu verkaufen, scheiterte jedoch jedes Mal am Notar, der das Geschäft nicht für rechtsgültig erklärte. Es dauerte nicht lange und schon standen die glorreichen Lakaien von Curtis Chao vor meiner Tür. Sie legten mir Dokumente zur Unterschrift vor, aus denen abscheuliche Absichten herauszulesen waren. Ich weigerte mich. Kurze Zeit später kamen sie wieder, diesmal aggressiver. Brutal aussehende Schläger, die mich einschüchtern sollten, standen vor meiner Tür. Ich weigerte mich erneut. Mein nächstes Intermezzo mit ihnen fand statt, als ich in meinem komplett zerstörten Haus stand und sie mir sagten, nächstes Mal wären sie nicht mehr so freundlich. Ich nahm meinen Mut zusammen und verweigerte meine Kooperation. Danach wurde es ruhig und ich hörte eine Weile nichts mehr.

Ich muss dir nun, damit du alles verstehen kannst, von meinem Bruder erzählen. Ich habe einen Zwillingsbruder, sein Name ist Emilio. Emilio verzehrte im Alter von zwölf Jahren halluzinogene Pilze. Mein Vater mischte ihm diese im Vollrausch in sein Essen, weil er dachte, es wäre lustig einem Kind Drogen zu geben. Verknackt wurde dafür aber sein Kumpel, den er an die Polizei verraten hatte. Schwere irreparable Schäden am Gehirn wurden, aufgrund des Scherzes unseres Vaters, bei Emilio festgestellt. Von diesem Tag an musste Emilio von Maschinen am Leben gehalten werden. Das Sorgerecht für uns durfte sich unser Vater weiterhin mit unserer Mutter teilen. Nach dem Tod meiner Mutter wurde ich dann gezwungen, bei ihm zu wohnen.“

Während Dre erzählte sah Amari wie seine Augen immer glasiger wurden.

„Dann, Jahre später, bekam ich die Gelegenheit für ein wenig ausgleichende Gerechtigkeit.

Den Hintergrund mit meinem Bruder kennst du jetzt, also kann ich dir nun den Rest mit *One Industries* erzählen.

Nach einer Weile bekam ich plötzlich einen Anruf aus dem Krankenhaus. Am Telefon wurde mir gesagt, sie hätten Emilio zu seinem Wohle, in ein anderes Krankenhaus verlegt. Es kam mir komisch vor, aber man denkt sich ja erstmal nichts schlimmes dabei. Als ich ihn dann besuchen wollte, wurde mir der Zutritt verweigert, begleitet von der Botschaft, ich solle mich doch bei Herrn Chao melden. Natürlich tat ich dies umgehend. Im Telefongespräch mit ihm hat er nicht lange gefackelt und kam zum Punkt.

Er meinte „Wenn du nicht regelmäßig zum Unterschreiben unserer Dokumente erscheinst, schalten wir die Geräte deines Bruders ab und er wird sterben, völlig allein und ohne dass es irgendjemand bemerkt.“

„Ich willigte natürlich sofort ein.

Erinnerst du dich noch an den Tag, an dem ich mehrere Stunden in der Stadt war. Es war zu dem Zeitpunkt, als wir nach einem Programmierer gesucht hatten. Ich kam wie jedes Mal, total fertig und mies gelaunt zurück. An diesem Tag war ich bei *One Industries* und hab wieder mal

Dokumente mit meinem Zeichen vollgekritzelt. Wie Dreck haben sie mich behandelt. Am selben Tag wurde ich zu einer Privataudienz zu Chao gebracht. Er wusste über die verschlüsselte Datei Bescheid, die wir bei *Brasil* in die Finger bekommen hatten. Unter Androhung, er würde meinen Bruder töten, musste ich ihm versichern, dass wir dem Ganzen nicht weiter nachgehen werden. Deshalb habe ich auch versucht, es dir auszureden. Als ich es nicht schaffen konnte, war ich gezwungen, für das Leben meines Bruders Chao zu informieren. Mit ihm entwickelte ich unseren Plan, der so verdächtig reibungslos funktioniert hatte. Deshalb entschied ich mich so plötzlich dich zu begleiten. Nichts würde dir geschehen, hatte er versprochen. Er wolle dir nur einen Denkzettel verpassen, versicherte er. Wie es dann ausgegangen ist wissen wir beide. Aber glaube mir, ich wollte dich nicht verraten. Ich musste nur irgendwie meinen Bruder Emilio retten."

Dre blickte zum ersten Mal auf, seit er angefangen hatte seine Geschichte zu erzählen, um Amari anzusehen.

Amari weinte bitterlich. Sie sah ihn mit reumütigem Blick an und schluchzte: „Es tut mir so leid, ich fühle mich jetzt so, als hätte ich dich verraten. Nicht ein einziges Mal war ich in der Lage, dir zuzuhören. Nach all deinen Versuchen Kontakt mit mir aufzunehmen. Beschimpft und beleidigt habe ich dich stattdessen. Kannst du mir nochmal verzeihen?"

Dre konnte seine Tränen ebenfalls nicht mehr zurückhalten, auch wenn er es mit aller Kraft versuchte.

In Begleitung der Worte: „Ich war nie sauer auf dich", öffnete er seine Arme und schloss Amari darin ein.

Das schlechte Gewissen und die Anspannung der letzten Wochen, sowie die Freude einander wieder zu haben, überkamen sie. So weinten und lachten die Beiden für mehrere Minuten in diesem intimen Moment. Bis sie schlussendlich ihre Tränen trockneten.

Amari erkundigte sich: „Was ist mit deinem Bruder? Ist er noch am Leben? Wir müssen ihn schleunigst retten."

Dre beruhigte Amari: „Nachdem Curtis Chao tot war, habe ich ihn wieder in eine Privateinrichtung, die ich extra für ihn gekauft habe, verlegen lassen. Dort ist er nun in Sicherheit. Zu meinem Glück hatte Chao, der Idiot niemandem mit Entscheidungsgewalt bei *One Industries* in seine schmutzigen Angelegenheiten eingeweiht. Er vertraute wohl niemandem."

„Das ist schön, das freut mich", kam erleichtert aus Amaris salzigen Lippen. „Eine Frage habe ich noch. Was war mit deinem Vater?"

Dre atmete schwer ein und teilte sein Geheimnis mit Amari: Das habe ich bis jetzt noch niemandem erzählt. Als er wieder mal betrunken war, ist er in den Pool gefallen. Der Polizei hatte ich erzählt, ich hätte nichts mitbekommen und das ich in meinem Zimmer war. In Wirklichkeit aber, habe ich ihn mit Absicht ersaufen lassen. Dieses Arschloch war für Emilios Zustand verantwortlich und er hätte mich ebenso fast in den Tod getrieben. Ich war so sauer und hasste ihn an jedem Tag in meinem Leben."

Amari sah ihn mitfühlend an und sagte in ruhiger Stimmlage:

„Danke, dass du es mir erzählt hast. Du hattest deine Gründe für diese Tat und ich hätte vermutlich ebenso wie du gehandelt, wäre ich in derselben Situation gewesen.

Nach einem kurzen Moment des Nachdenkens und der Stille meldete sich Amari erneut zu Wort:

„Leider muss ich dich wieder belästigen, Dre. Ich habe sonst niemanden, der mir hilft. Bitte unterstütze mich dabei, die Daten des Prototyps auf dem *Bird Booster* zu installieren. Ich möchte unbedingt versuchen, etwas an der aktuellen Situation auf der Welt zu verändern. Eventuell funktioniert es ja. Und wenn nicht, haben wir wenigsten alles versucht."

Dre setzte das ehrlichste Lächeln auf, das Amari je gesehen hatte und verkündete: „Ja logisch bin ich dabei, nichts könnte mich davon abhalten. Jetzt, da ich mir keine Sorgen mehr um Emilio machen muss.

Amari fiel ein Stein vom Herzen. Sie drückte Dre so fest, dass er fast keine Luft mehr bekam. Endlich genehmigten sich die Beiden eine längst überfällige Auszeit in völliger Zweisamkeit.

Der nächste Morgen zwang Amari, viel zu früh ihre Augen zu öffnen. Ein Blick zu ihrer Seite übermittelte die enttäuschende Information, allein im Bett zu sein. Die Enttäuschung war nicht von Dauer, da Dre sie aus der Küche zu sich rief.

„Frühstück ist fertig, du Schlafmütze", brüllte er lautstark durch das Haus, um Amari endlich aus dem Bett zu bekommen.

Der Hunger lag im Wettrennen um Amaris Gunst eine Fingerbreite vor der Müdigkeit. Also quälte sie sich aufgrund des verheißungsvollen Frühstücks mühselig aus dem Bett.

Ein Riesenbuffet, aus allem das man sich unter einem Deluxe Frühstück vorstellen konnte, begrüßte Amari an der Essecke in der Küche. Frische Hühnereier, verschiedene Wurstwaren, edler Käse, Backwaren wie Croissants, Brezeln und Brötchen sowie frischgepresster Orangensaft. Der Fernseher lief im Hintergrund für ein wenig Berieselung und von draußen schien die Sonne durch die Fenster herein.

„Du bist so süß", sagte sie zu Dre. „Ich habe das doch gar nicht verdient. Eigentlich sollte ich dir als Wiedergutmachung so einen morgendlichen Empfang bereiten."

Dre antwortete verschmitzt „Du kannst mir nach dem Frühstück noch den Morgen versüßen. Amari lächelte und setzte sich an den gedeckten Tisch. Eine positive Stimmung erfüllte den Raum. Beide speisten völlig entspannt. Immer mal wieder schauten sie sich an und grinsten verliebt.

„Schau mal", rief Dre und zeigte mit dem Finger in Richtung des Fernsehers.

Auf dem Bildschirm wurde in dem Moment in einer „Breaking News" vom Tod des Weltrats-Mitglieds Curtis Chao berichtet. Es hieß er sei tot in seinem Büro aufgefunden worden. Bis jetzt deuten die Hinweise auf eine Fehlfunktion der *Social-Pods* hin, aber die Ermittlungen liefen auf Hochtouren.

„Wir haben richtig Glück, dass Chao seine Geheimnisse, insbesondere die *versteckte Funktion* der *Pods*, für sich behalten hat", sagte Amari.

Dre berichtigte: „Wer weiß, was in Wirklichkeit vor sich geht, dieser Bericht ist nur die offizielle Version. Die Mitglieder des Weltrates sind garantiert in ein paar von Chaos' Leichen im Keller eingeweiht. Ich schlage vor, unser Vorhaben zügig in die Tat umzusetzen."

Im selben Moment als Dre diesen Satz zu Ende gesprochen hatte, erfüllte ein Werbespot seinen Zweck und zog die Aufmerksamkeit der beiden auf sich.

„Wir erklären Ihnen das Wunderwerk der Neuzeit. Kommen Sie vorbei, zur Woche des offenen Boosters. Verstehen Sie die Genialität dahinter und bestaunen Sie den *Bird Booster* aus nächster Nähe. Von Montag bis Freitag 10:00 Uhr – 16:00 Uhr in Las Palmas de Gran Canaria."

Die Turteltauben sahen sich an und ihre Augen brüllten förmlich „das ist es."

Beide waren sich einig und hielten es für eine gute Idee, sich unter dem Denkmantel eines „Tages des offenen Boosters" Zutritt zum *Bird Booster* zu verschaffen, um die Datei aufzuspielen.

„Du bist erfahrener im Umgang mit Computern, wie machen wir das eigentlich?", erkundigte sich Amari.

Dre erwiderte: „Keine Ahnung, wir müssen wohl improvisieren. Entweder ich kapiere es, wenn ich vor der Hauptsteuerung stehe, oder nicht. Zeit haben wir zu wenig zur Verfügung, um jemanden zu finden der uns bei der Installation unterstützen könnte. Ehrlich gesagt würde ich sogar am liebsten heute Nachmittag losziehen und es über die Bühne bringen. Spricht aus deiner Sicht etwas dagegen, Amari?“, vergewisserte sich Dre.

„Ganz im Gegenteil, je früher desto besser. Wenn wir, wie du sagst, improvisieren, brauchen wir auch keine Vorbereitung.“

Das hervorragende Frühstück wurde noch vollends ausgekostet und Dre erhielt danach seine wohlverdiente Wiedergutmachung von Amari.

Pünktlich um 15:00 Uhr machten sie sich auf den Weg zum *Bird Booster* in Las Palmas de Gran Canaria um gegen Ende der Veranstaltung, wegen des geringeren Menschaufkommens, mit ihrem Plan zu beginnen.

Schnell zwei Tickets für die Besichtigungstour gekauft, und schon befanden sie sich am Ende einer vierköpfigen Schlange, die jede Station der Führung gewissenhaft abklapperte. Zu ihrem Vorteil verließ ein Pärchen die Kolonne vor der letzten Station, weshalb Dre seine Chance sah, sein dickes Bankkonto sprechen zu lassen.

„Entschuldigung, eine Frage“, sagte Dre zum Gruppenführer. „Da wir jetzt offensichtlich allein sind, könnten wir da nicht auch ins Innere bis zum Kontrollraum? Das wäre ein ganz besonderes Erlebnis für uns.“

„Nein das ist nicht möglich, ich habe strenge Vorschriften, bis wohin externe Gäste dürfen“, antwortete der Mitarbeiter.

Dre blieb hartnäckig und fragte erneut: „Können sie keine Ausnahme machen?"

Der Kopf der Führung erklärte: „Nein, Ausnahmen sind nicht möglich. Ich bin fehlerfrei seit vier Jahren und 32 Tagen und ich setze keinesfalls meine Statistik aufs Spiel. Ich bin so etwas wie ein Vorbild für meine Kollegen, verstehen Sie? Es ist ausgeschlossen! Zumal ein paar meiner Bürogenossen Wetten über mich am Laufen haben, darüber, wie lange meine fehlerfreie Strähne noch anhält."

Dre ließ sich nicht abwimmeln und sagte: „Ich mache Ihnen ein Angebot. Wie wäre es, wenn ich ihnen fünf Millionen Euro-Dollar gebe. Dafür lassen sie uns im *Booster* frei passieren.

Der Euro-Dollar wurde eingeführt, weil weder die USA noch die Europäische Union ihre Währung aufgeben wollten. Der Weltrat forcierte eine Einigung auf eine gemeinsame Währung, dessen Kurs aus dem Mittel der einzelnen Währungen Euro und Dollar errechnet wird. So entstand auch der recht unkreative Name des Geldes. Der Rest der Welt war weniger anspruchsvoll und akzeptierte die neue Währung sofort. Deshalb wurde der Euro-Dollar überall auf dem Planeten als Zahlungsmittel akzeptiert.

Als Amari das hörte, verschluckte sie sich fast an ihrer eigenen Spucke. Mit fünf Millionen Euro-Dollar hätte sie vermutlich alle Sorgen in ihrer Heimatstadt beenden können und Dre bot es dem Streber aus der Besichtigungstour an als wäre es nichts. Der bisher noch gewissenhafte Mitarbeiter nahm das Angebot ohne mit der Wimper zu zucken an. Wissentlich, dass es auf Gran Canaria einige Super-Reiche gibt, dachte er sich, er versuche einfach mal sein Glück.

„Können sie das überhaupt bezahlen? Und wenn ja über welchen Transaktionsweg? Ohne Geld kein Einlass“, ergänzte der *Brasil* Mitarbeiter zum Schluss, um nochmals darauf hinzuweisen, dass er sich nicht verarschen lassen würde.

„Blitzüberweisung von *Pods* zu *Pods*“ war die Ansage von Dre.

Der junge Mann dachte immer noch nicht das es wirklich geschehen würde. Eine Minute später wurde er eines Besseren belehrt. Er starrte mit großen Augen auf seinen Kontostand und Schreie, erfüllt von Freude, quollen aus ihm heraus. Noch vor den Beiden stehend rief er seinen Chef an, um zu kündigen.

Er sagte: „Du bist ja gar kein Dummschwätzer, echt Hammer! Macht was ihr wollt, ich bin dann mal weg. Eine Sache noch: Der Deal galt nicht für den Kollegen, der oben im Kontrollraum arbeitet, also viel Glück.“

„Du hast ihm jetzt wirklich fünf Millionen Euro-Dollar gegeben, damit wir hoch in den Kontrollraum können“, rügte ihn Amari.

Dre sagte eiskalt mit einem breiten Grinsen: „Ich würde sagen: gut improvisiert.“

Amari schüttelte ungläubig den Kopf, aber dachte sich im selben Moment, dass es ja eigentlich ganz gut funktioniert hatte. Sie verspürte einen Zorn in sich. Diese Aktion erinnerte sie wieder daran, wie gut es einigen hier und wie schlecht es ihren Leuten in der Heimat ging.

Beide betraten den *Booster*. Es gab nicht wirklich viel zu sehen. Ein paar Anzeigen, stählerne Wände, nichts von Bedeutung. Lediglich ein Fahrstuhl stach ins Blickfeld. Nach Betreten des Fahrstuhls wurde ihnen auf dem Bedienfeld bereitwillig der Kontrollraum angeboten. Ebenfalls bereitwillig betätigte Amari diesen Knopf. Oben angekommen, musste Amari noch vor der Tür eine Bitte an Dre loswerden.

„Bevor wir reingehen, möchte ich dich um etwas bitten, Dre“, sagte sie ein wenig angespannt zu ihm. „Seitdem du dem Kerl vorhin fünf Millionen Euro-Dollar gegeben hast, verspüre ich Wut in mir, die einfach nicht verschwinden will. Nicht weil ich direkt sauer auf dich bin, sondern der Leichtfertigkeit an sich wegen, mit der du das Geld hergegeben hast. Ist dir klar, wieviel solch eine Menge bei mir in Kamerun bewirken könnte? Anstatt die Person, die uns im Inneren des Raums erwartet, ebenfalls mit Euro-Dollar zu ertränken, möchte ich dich bitten, dies nur als allerletzten Ausweg zu tun.“

„Du hast Recht“, gestand Dre einsichtig. „Deinem Wunsch werde ich aber dennoch nicht nachkommen“, sagte er mit ernster Miene. „Ich werde stattdessen sofort versuchen den effektivsten Weg zu beschreiten und habe vor den Mitarbeiter zu bestechen. Aber ich werde auch das doppelte, was ich heute ausgebe, an deine Heimatstadt spenden. Damit können sie dort, falls es in der Zwischenzeit noch immer nicht geschehen ist, einen *Bird Booster* bauen.“

Amari konnte sehen, wie das verschmitzte Lächeln von Dre mit jedem Wort das er sagte, weiter zum Vorschein kam.

Sie hatte ihm in einer ruhigen Minute die Geschichte über den ausbleibenden Bau der *Bird Booster* in ihrer Stadt sowie im ganzen Land erzählt, obwohl diese bereits von ihrer Regierung bezahlt worden waren. Dre hielt das für eine prima Idee, aber Amari fühlte sich nicht ganz von Dre verstanden. Wie sollte er auch. Er wusste überhaupt nicht, wovon sie sprach. Dennoch sorgte die - ihrer Meinung nach - total süß gemeinte Geste dafür, dass sie ihm nun vollends verfallen war. Dre erwiderte alle Gesuche nach Nähe von seiner Liebsten, aber er musste sich nun auf die eine Sache konzentrieren, die noch zu regeln war.

Er klopfte höflich an, als wäre er bei einem Bekannten zu Besuch, und öffnete die Tür nachdem ein „Es ist offen", aus dem Innern zu hören war. Es war ein *One Industries* - Mitarbeiter zu sehen, der vor mehreren Bildschirmen saß. Sichtlich angestrengt bemühte er sich darum, über das Eintippen von Codes in seine Tastatur, einem dem Anschein nach wichtigen Ziel nachzugehen. In dieser Situation erschien Dre Ehrlichkeit als richtiges Mittel zum Erfolg.

Er sprach zu dem Mann: „Guten Tag, ich bin Dre und das ist Amari. Wie ist ihr Name?"

Der Mann sah sich verwirrt im Raum um, auf der Suche nach dem Ursprung der Frage.

Zögernd erwiderte er: „Ich bin Toni, seid ihr Kollegen von *Brasil*?"

Dre wollte die ehrliche Masche weiter durchziehen und sagte: „Nein Toni, wir haben deinen Kollegen bestochen, damit er uns nach oben lässt. Wir sind zu dir gekommen, weil wir deine Hilfe brauchen."

„Bestochen? Und was genau wollt ihr von mir?", fragte Toni. „Ihr dürft eigentlich gar nicht hier sein", schob er noch hinterher.

„Ja, uns ist bewusst, dass unser Aufenthalt hier oben unerwünschter Natur ist. Aber Amari, meine Freundin, ist im Besitz eines neuen Setups für den *Bird Booster*, welches eventuell ein signifikanter Schritt zur Lösung des Problems sein könnte. Laut Untersuchungen von euch, also *Brasil*, könnten die Vogelplagen damit eventuell vernichtet werden", erklärte Dre.

„Das ist ein Scherz, oder?", gab Toni ungläubig von sich. „Nehmen wir einmal an, ich glaube euch. Wo habt ihr einen solchen Prototypen aufgetrieben? Und wenn *Brasil* dazu eine Studie durchgeführt hat, wieso steht dann jetzt kein Kollege von mir hier und bittet mich ein Setup aufzuspielen?"

Dre erklärte Toni mit ruhiger Stimme: „Ich kann dir nur sagen, dass wir den Prototypen beim Geschäftsführer von *One Industries* aus dem Büro entwendet haben und wir fanden einige Unterlagen, die meine Behauptungen untermalen. Nichtsdestotrotz musst du mir gar nicht glauben. Ich bin bereit dir für deine Hilfe fünf Millionen Euro-Dollar als Entschädigung zu geben."

„Das hört sich ja alles ganz großartig an", sagte Toni mit einem Gesichtsausdruck, der nur so vor Ablehnung strotzte.

„Erstens, wenn das nicht funktioniert, verliere ich meinen Job und ich mag meine Arbeit wirklich sehr.

Zweitens, was wäre ich für ein Vorbild für meine zwei Kinder, wenn ich mich bei solch ein verantwortungsvollen Aufgabe bestechen lassen würde?

Was uns zu Drittens bringt: Woher weiß ich, dass ihr den *Booster* nicht sabotieren wollt? Ihr seid schließlich hier oben eingebrochen. Und dann läuft es wie kürzlich und die ganze Insel versinkt in Leid, Tod und Zerstörung.

Dasselbe wird übrigens auch passieren, wenn euer angebliches Super-Update nicht richtig funktioniert, dass Viertens wäre.

Und sollte euch das nicht reichen, wären da Fünftens noch, die Probleme mit dem Weltrat, die mich erwarten würden. Niemand möchte Schwierigkeiten mit dem Weltrat bekommen.

Und als Kirsche auf der Sahne haben wir noch meine berechtigten Zweifel gegenüber deiner Zahlungsbereitschaft."

Dre war erschlagen von Tonis wuchtigen Argumenten. Es war schließlich an allen Aussagen etwas Wahres dran. Unfähig zu Antworten drehte er sich mit einem auffordernden Blick zu Amari. Sie ließ sich das nicht zweimal sagen und nahm die Herausforderung an, Tonis Aussagen zu entkräften.

Mit erzürnter Stimme legte Amari los: „Immer müssen die Leute den einfachen Weg gehen, statt den Richtigen. Ich habe es so satt. Ihr hier auf eurer Insel, wo es euch so gut geht, könnt ja schlau daherreden. Die ganze Welt steht am Abgrund, keine Nahrung, kein Zugang zu sauberem Wasser, keine geschützten Unterkünfte. Tausende Kinder sterben jeden Tag. Erzähl mal das deinen Prinzessinnen oder Prinzen zuhause. Und was Papa für ein wunderbares Vorbild war, indem es ihn nicht interessiert hat. Nicht zu vergessen, dass deine Kinder womöglich bald die nächsten sind, denen so etwas schreckliches passiert. Den Ausfall des *Bird Boosters* hier auf der Insel vor ein paar Wochen hast du ja bereits selbst schon erwähnt. Denkst du etwa das wird nie wieder passieren?

Ich mache dir einen Vorschlag: Schau dir die Datei an und wenn etwas nicht stimmt, lassen wir es. Wir installieren die Daten und kommt es zu Schwierigkeiten, dann spielst du sofort die vorherigen wieder auf. Und du nimmst das Geld von meinem Freund. Er ist nicht mit dem goldenen Löffel, sondern mit einem Diamantlöffel im Mund zur Welt gekommen. Das bisschen Geld interessiert ihn mal sowas von überhaupt nicht.

Du siehst, du hast nicht wirklich etwas zu verlieren, nur viel zu gewinnen. Im schlimmsten Fall bekommst du nichts, was ebenso der Fall wäre, wenn du ablehnst. Läuft irgendetwas anderes schief, nehmen wir die Schuld auf uns und sagen wir hätten dich gezwungen.

Schau mich an“, rief sie fordernd mit glasigen Augen in denen sich Tränen gesammelt hatten. „Ich meine das Ernst. Bitte hilf uns. Wir wollen einfach nur etwas Gutes tun.“

Toni, der gerade aus einem Strohhalm Cola zu sich genommen und sich daran verschluckt hatte, pausierte seine Arbeit für einen Moment, um über Amaris Worte nachzudenken.

„Mhh“, gab er nachdenklich von sich. „Unerwartete Wendung, würde ich sagen. Wie könnte ich nach der Ansage ablehnen? Also ja, gib mir schon deine Datei her, ich werfe mal einen Blick drauf.“

Überwältigt vor Freude übergab Amari die Datei an Toni. Zusätzlich bekam er eine dicke Umarmung von ihr. Er schien sichtlich überrascht von Amaris offener, herzlicher Art.

Konzentriert durchstöberte Toni den Quellcode der Datei. Er nahm sich viel Zeit, um jeden noch so kleinen Trojaner, Virus oder versteckten Befehl aufzudecken. Nach Abschluss seiner Analyse gab er seine Ergebnisse bekannt:

„Das scheint alles vertrauenswürdig zu sein“, verkündete er. „Aus dem Quellcode konnte ich herauslesen, dass es sich in der Tat um ein Setup für Einstellungen eines *Bird Boosters* handelt. Ich werde die Datei nun installieren. Bedenkt aber, wenn etwas schiefgeht, stelle ich sofort das Alte wieder her und ihr haltet den Kopf hin, verstanden?“

Beide nickten unmissverständlich zustimmend mit dem Kopf.

Die zweite Aufführung von Tonis Fingerballet hatte soeben begonnen. Wie ein Pianist drückte er in die Tasten seines Computers. Er war vollkommen in seinem Element.

Gerade als die Aufführung den Höhepunkt des Abends erreicht hatte, stellte er die Arbeit ein und sagte: „Alles ist vorbereitet. Das Betätigen der Eingabetaste startet den Upload Vorgang. Ihr seid euch sicher, bei dem was ihr vorhabt“? erkundigte sich Toni noch ein letztes Mal.

„Ja“, sagte Dre.

„Auf jeden Fall“, gab Amari zu verstehen.

Toni ließ die Eingabetaste ihren Zweck erfüllen. Sofort startete das Update und die Zahlen an der Fortschrittsanzeige schossen in die Höhe. Nachdem das perfekte Ergebnis von einhundert Prozent erreicht wurde, warteten alle drei unter Hochspannung auf irgendein Zeichen, welches die Funktion bestätigte. Toni starrte auf eine Art Radar, welches die Vögel an der Reichweiten Grenze des *Boosters* überwachte. Als wäre er hypnotisiert, wandte er seinen Blick keine Millisekunde ab.

„Ja leck mich am Arsch“, brüllte er plötzlich von seinem Stuhl aus. „Das gibt es doch nicht! Was seid ihr nur für heftige Zeitgenossen? Brecht bei *One Industries* ein, brecht hier im *Booster* ein und bringt mir ein valides Mittel gegen die Plage, die uns seit Jahrzehnten zum Rückzug zwingt. Es funktioniert!“, schrie er. „Die Vogeldichte in den Schwärmen um die Insel nimmt ab. Ihr zwei Verrückten habt es geschafft“, sagte er, während seine Stimmung immer mehr ins Jubeln überging.

Amari konnte es nicht fassen. Nach so kurzer Zeit konnte sie bereits etwas verändern. Mit purer Willenskraft und ihrem stählernen Helfer, der ihr mit ruhmreichem Blick gegenüberstand und auf seinen verdienten Kuss wartete. Sie nahm sich ihren Goldjungen und drückte ihm den dicksten Kuss auf die Lippen, den je ein menschliches Wesen gegeben hatte.

Amaris Gehirn gönnte ihr diesen Moment jedoch nicht. Ihr schossen auf der Stelle Unmengen an Gedanken durch den Kopf.

„Wir müssen die Daten schnellstmöglich überall hin verteilen. Wie stellen wir das an? Kann der Weltrat über eine Art Fernsteuerung oder ähnlichem eingreifen? Und was, wenn sie bewaffnete Truppen senden, um all dem ein Ende zu setzen“, dachte sie.

Sie wandte sich mit ihren Fragen an Toni:

„Sag mal Toni gibt es eine Möglichkeit dieses Setup weiterzuleiten?“

„Ja klar“, antwortete Toni. „Dieser *Bird Booster* wurde als ein sogenannter Alpha *Booster* gebaut. Er hat die Fähigkeit, Daten an andere seiner Art zu übermitteln.“

„Würdest du das bitte einleiten?“, fragte ihn Amari.

„Das ist doch schon längst geschehen. Im selben Moment, als die Funktionsfähigkeit sichergestellt war, gab ich den Befehl zur Weiterleitung.“

„Prima“, sagte Amari hervorragend gelaunt. „Wäre es möglich, dass der Weltrat es z.B. per Fernsteuerung verhindern könnte“, erkundigte sie sich?

„Also eine Fernsteuerung gibt es nicht, deshalb sitze ich ja hier“, erklärte Toni. „Es ist natürlich dennoch denkbar, dass der Rat eine Möglichkeit findet. Wobei ich dies umso unwahrscheinlicher finde, je weiter das Update verbreitet ist. Es wäre somit überall in den Medien, sollten sie irgendetwas dagegen unternehmen. Und negative mediale Aufmerksamkeit ist das Kryptonit des Rates.“

Als sie aus dem Fenster des Turmes sahen, wurden sie Zeugen der Wirksamkeit. Die Krähen fielen wie schwarzer Regen massenhaft vom Himmel und verendeten im Meer. Amari taten sie irgendwie leid, als sie sah, wie die Vögel, ohne Orientierung und unfähig zu fliegen, im Wasser ertranken. Sie traf keine Schuld. Der Mensch hatte sie zu dem gemacht, was sie waren. Sie folgten lediglich ihrem Selbsterhaltungsinstinkt.

„Und jetzt müssen sie für unsere Fehler büßen“, sinnierte Amari.

Erst in Las Palmas, dann in Maspalomas. Anschließend auf dem Festland in Tarfaya, bis in alle Städte der Welt in denen *Bird Booster* im Einsatz waren. Die Vögel, die auf festes Land herabfielen, irrten Orientierungslos umher und verhungerten.

In den nächsten Wochen entwickelte sich die Lage kontinuierlich weiter zum Guten. In Amaris Heimat wurde, wie Dre es versprochen hatte, ein *Booster* gebaut. In

Gegenden ohne *Booster* wurden von Tag zu Tag weniger Vögel gesichtet und die Leute hatten ein Stück Freiheit zurückbekommen. Die neu erworbene Freiheit nutze Georg, der Pod-Händler aus der Wüste, um zu seiner geliebten Verrückten Ira zurückzukehren. Ihre Liebe flammte ohne Umwege wieder auf und die beiden wohnten von nun an gemeinsam in Ira's Hütte.

Dre gründete mit seinem Vermögen eine Wohltätigkeitsorganisation, in der Amari als Projektleiterin arme Regionen in den letzten Kämpfen gegen die Plage unterstützte.

Alles war auf einem guten Weg und Amari erinnerte sich immer wieder gern an den schönsten Tag ihres Lebens. An den Tag, als sich das Aufstehen gelohnt hatte, um für das zu Kämpfen, wovon sie überzeugt war.

Kapitel:

8 Monate später

Es war dunkel im Inneren des Hauses, die Rollläden waren noch heruntergefahren. Amari saß in der Küche und löffelte zum Frühstück einen Grießbrei aus einer Schale. Im Gesicht wirkte sie dünn, doch weiter unten offenbarte sich das dicke Bäuchlein, in dem neues Leben heranwuchs. Sie war bereits kurz vor der Entbindung. Das luxuriöse Haus von Dre wirkte ein wenig vernachlässigt. In allen Ecken fanden sich Gegenstände, die dort nichts zu suchen hatten. Amari starrte mit emotionslosem Blick in das leere Ende der Küche. Gesättigt von ihrem Frühstück ließ sie die Fensterläden langsam und behäbig nach oben fahren.

Ein erschütternder Anblick offenbarte sich, doch für Amari war er schon seit Wochen zur Gewohnheit geworden. Obwohl es mitten am Tag war, konnte sie keinen Sonnenstrahl am Himmel ausfindig machen. Eine schier endlose Zahl an Vögeln übermalte den Himmel förmlich in einem bedrohlichen Schwarz. Das gesamte Panorama war ein Schlachtfeld. Die Häuser und Geschäfte unten in der Stadt brannten seit Wochen. Die Bauwerke, die nicht in Flammen standen, waren entweder bereits zerstört oder ein paar arme Seelen taten es Amari gleich und vegetierten darin vor sich hin.

„Ob Dre nun an einem besseren Ort ist?“, schwirrte durch Amaris Kopf. „Ob es diesen besseren Ort überhaupt gibt?“

Dre hatte es nicht geschafft. Beim ersten Angriff war er, um seine schwangere Amari zu retten, dem fliegenden Todesschwarm zum Opfer gefallen. Er hatte sie in das einzige Transport-Ei in der Nähe geworfen, dass unglücklicherweise ein Einsitzer gewesen war. Um die Plage wegzulocken, entfernte er sich als Köder vom Gefährt. Amari dachte ständig daran welch ein Glück sie hatte, solch einen wundervollen Menschen getroffen zu haben. Und das, nachdem sie am Anfang gedacht hatte, Dre wäre ein verwöhnter Schnösel der charakterlich nichts zu bieten hätte. So läuft das manchmal im Leben. Gerade wenn man etwas nicht kommen sieht, passiert es.

Ohne jede Vorwarnung wirkten die *Booster* nicht mehr oder die Tiere waren plötzlich immun geworden. Aufgrund ihrer Mutation und der daraus resultierenden erhöhten Anpassungsfähigkeit, konnten sie sich blitzschnell mit allem arrangieren, sagten sie damals in den Nachrichten. Amari glaubte davon kein Wort. Ihre Vorgeschichte mit *One Industries* und das Wissen um die Taten des Weltrates hatten dabei den größten Einfluss auf ihre Meinung. In der Tat waren die Vögel weiter gewachsen, hatten unbestreitbar an Intelligenz gewonnen und wirkten zäher als je zuvor. Dennoch hatten - ihrer Meinung nach - die Reichen und Mächtigen irgendwie ihre Finger im Spiel.

Es war ein schrecklicher Verlust für Amari, ihren geliebten Partner und Vater ihrer ungeborenen Tochter zu verlieren. Wie sollte es nur weitergehen? Wie sollte es für ihre Tochter weitergehen? Würde sie überhaupt das Licht der Welt erblicken? Amari hätte es nie im Leben gewagt, in solch einer Situation schwanger zu werden, aber alle Zeichen hatten auf grün gestanden. Die Vögel waren kaum mehr zu sehen gewesen und überall war Leben zurückgekehrt. Sie wollte auch mal einfach nur leben. Amari hatte genug Zeit, um über alles Mögliche nachzudenken. Und sie hatte genug

Nahrung, um eine Weile durchzuhalten. Dafür hatte Dre gesorgt.

Wie viele Menschen es wohl noch geben könnte? Wenn die *Booster* überall genauso schlecht wie bei ihr funktionierten, oder falls die Vögel sich überall so rasch angepasst haben sollten, können nicht mehr viele Menschen übrig sein. Sie schaltete das Radio ein, da der Fernseher schon seit einer Weile kein Signal mehr empfangen hatte.

Im Radio hörte sie eine männliche Stimme, die das Folgende berichtete:

„Guten Tag, ich möchte mich hiermit über diesen Weg von euch allen verabschieden. Ich sitze seit zwei Wochen in einem Kellergewölbe eines, wie es aussieht, Hobby Funkers fest. Meine Vorräte sind schon vor sieben Tagen zur Neige gegangen, gestern hatte ich meinen letzten Schluck Wasser. Ich möchte mit meinen letzten Worten zum Ausdruck bringen, wie enttäuscht ich bin.

Die Menschheit ist etwas ganz Besonderes. Unsere Spezies ist zu unglaublichen Dingen fähig. Nur immer wieder stehen uns unsere primitiven Eigenschaften im Weg. Gier gewinnt über Liebe. Macht kommt vor Hilfsbereitschaft. Trieb ist wichtiger als Antrieb. Wir hätten so viel Wunderbares leisten können. Regenerative Energien im Einklang mit der Natur. Eine multiplanetare Spezies, die Antrieb im Fortschritt findet. Respektvoller Umgang mit dem Leben von Tieren, ebenbürtig dem Menschen. So viel ungenutztes Potenzial, das nun für immer ungenutzt bleibt.

Was auch immer für euch der Grund unseres Scheiterns ist, für mich bleibt die Antwort immer: der Mensch. Auf Wiedersehen liebe Mitleidende, ich hoffe ihr findet ein angenehmes Ende."

Der Bericht endete und das Radio gab nur noch ein Rauschen von sich.

Amari zog sich, erschöpft von der Schwangerschaft, für einen Mittagsschlaf in ihr Zimmer zurück.

Was die Zukunft bringen würde blieb ungewiss. Ob die zwei es schaffen würden war ebenfalls unklar.

Es kommt ganz darauf an, ob irgendjemand aufsteht, um etwas zu unternehmen.

Kapitel 9:

Der Anfang vom Ende?

Fakten:

Tierplagen:

In den häufigsten Fällen ist der Mensch die Ursache für unkontrollierte Verbreitung von Tieren. Einmal in der freien Wildbahn, sorgen diese Fremdlinge nicht für mehr Artenvielfalt, sondern die seltenen Arten werden verdrängt und immer mehr Tiere der gleichen Gattung setzen sich durch. Flora und Fauna werden regelrecht homogenisiert.

Ideale Bedingungen, durch den menschengemachten Klimawandel und die damit einhergehenden extremen Wetterverhältnisse, unterstützen die rasante Vervielfältigung bestimmter Tierarten enorm.

https://blog.wwf.de/tierplagen-ursachen/
Zugriff: 24.03.2022 Uhrzeit: 14:47 Uhr
Quelle: WWF, Artikel Stand 2020

Der Heuschreck

Seit 2020 wird Afrika, insbesondere Äthiopien, Kenia, Somalia, Tansania, Uganda, Sudan und Süd Sudan von einer alles verschlingenden Plage heimgesucht. Hunderte Millionen kleiner wuselnder Vielfresser vermehren sich exorbitant schnell. Heuschreckenschwärme, die den Himmel verdunkeln und komplette Ernten in Sekunden vernichten, machen den Bauern und Bürgern des Kontinents das Leben schwer.

Die Wüstenheuschrecken können täglich bis zu 150 Km zurücklegen und sind somit kaum zu bremsen. Nur ein

Einzelner dieser Schwärme, ist täglich dazu in der Lage, die gleiche Menge an Nahrung aufzunehmen, wie in etwa 35.000 Menschen. Dies führt zu weiteren Hungersnöten, mit denen die Länder ohnehin schon zu kämpfen haben. Zwischen Januar und Februar 2020 ist die Zahl der unterernährten Kinder bereits um 20 Prozent gestiegen. Tausende Kinder im Osten Afrikas müssen täglich um ihr Überleben kämpfen. 50 Prozent der Weideflächen wurden allein in Äthiopien seit Auftauchen der Plage zerstört.

UNICEF rechnet in Äthiopien in diesem Jahr mit einem Anstieg von 24 Prozent der wegen Mangelernährung lebensbedrohlich gefährdeten Kindern. Dies wären 570.000 Kinder nur in einem betroffenen Land.

https://www.unicef.de/informieren/aktuelles/blog/heuschreckenplage-in-ostafrika/221286
Zugriff: 25.03.2022 Uhrzeit: 12:17 Uhr
Quelle: Unicef

Die Riesenschnecke

Sie stammt aus Afrika und würde, wenn man sie auf der Hand trägt, die gesamte Fläche bedecken. In den 1960er - Jahren wurde sie in den USA eingeführt, wo sie sich seitdem munter vermehrt und ganze Siedlungen durch Knabbern an Hauswänden beschädigt.

Die Königskrabbe

Es hätte so schön sein können. Vorgestellt hatte man sich in Moskau, man könne leckeres Krabbenfleisch direkt vor der Haustüre fangen und genießen. Mit dieser Absicht setzten die Russen vor 60 Jahren die Königskrabbe in der Barentssee aus. Das Problem war nur, dass die Krabben dort keine natürlichen Feinde zu befürchten hatte. So konnten sie sich munter vermehren. Sie sind Allesfresser, fegen wie Staubsauger über den Meeresboden und vernichten das Ökosystem.

In einer Studie wird vermutet, dass sich die Tiere durch die Erhitzung der Meere (Klimakrise) sogar bis in die antarktischen Flachmeere verbreiten könnten.

„Aga-Kröten" in Australien

Vor rund 80 Jahren wurde die Aga-Kröte nach Australien gebracht, um einer Stockkäferplage den Garaus zu machen. Der Plan ging schief und das große Angebot an Nahrung sorgte dafür, dass die Kröte selbst zur Plage wurde. Mit ihren Giftdrüsen werden alle natürlichen Feinde in Nu vernichtet und die Schlangen und Leguane, die eigentlich Schnecken auf der Speisekarte hatten, verschwanden mehr und mehr. Da es keine Feinde der Kröte mehr gibt, sorgt nun in Australien die Politik mit Geldbelohnungen oder Sammel-Events für eine Dezimierung.

https://blog.wwf.de/tierplagen-ursachen/
24.03.2022 Uhrzeit: 14:47 Uhr
Quelle: WWF, Artikel Stand 2020

Abholzung der Regenwälder

2.254 Quadratkilometer Regenwald wurden im Juli 2019 in Brasilien gerodet. Das sind 278 Prozent mehr als im selben Monat des Vorjahres. Brasiliens Landwirtschaft ist auf immer mehr Flächen angewiesen, um die Landwirtschaft lukrativ auszuweiten. Unterstützt von Präsident Jair Bolsonaro steht der weiteren Abholzung von wertvollem Regenwald nichts mehr im Wege.

Über zwei Milliarden Tonnen CO^2 werden jährlich mittels Photosynthese in ein Fünftel des gesamten Sauerstoffs des Planeten umgewandelt. Damit hat sich der Regenwald den Spitznamen „Lunge der Erde“ redlich verdient. Kein Ende der Rodungen in Sicht. Unter Präsident Bolsonaro betrug 2020 die Steigerung der Abholzung zum Vorjahr nochmals 34 Prozent. Im Mai 2021 wurde die Fläche von Hongkong in eine tote Savanne umgewandelt.

Der gefährliche Kipppunkt, an dem sich der Regenwald nicht mehr von Dürren oder Bränden erholen kann, steht kurz bevor. Ohne den Regenwald geht uns buchstäblich die Luft aus. Jeder der interessiert ist, kann sich gerne die Luftaufnahmen von Brasilien im Internet anschauen. Erst bei näherem Heranzoomen werden einem die Ausmaße bewusst.

https://www.zeit.de/wissen/2019-08/brasilien-regenwald-abholzung-rodung-amazonaswald-weltrauminstitut?utm_referrer=https%3A%2F%2Fwww.google.com%2F
Zugriff: 24.03.2022 Uhrzeit 13:49
Quelle: Zeit Online
https://www.tagesschau.de/ausland/amazonas-klimawandel-101.html
Zugriff: 25.03.2022 Uhrzeit: 21:12 Uhr
Quelle: tagesschau

Plastik

Die Ozeane der Welt nehmen ca. 70 Prozent der Oberfläche unseres Planeten ein. Eine schier endlose Artenvielfalt verbirgt sich in ihnen. Doch für den Mensch sind die Meere nichts weiter als Nahrungsquelle, Abkühlung im Urlaub und eine Müllhalde. Ja, richtig gehört: Müllhalde. In jedem Quadratkilometer Meer befinden sich heute schon hunderttausende Teile Plastikmüll. Jedes Jahr kommen weitere 4,8 bis 12.7 Millionen Tonnen Plastik hinzu und bringen zehntausenden der Meeresbewohner einen qualvollen Tod.

Zum Beispiel nehmen Eissturmvögel Plastik über die Nahrung auf. Dieses wird nicht verdaut und verbleibt im Magen. Irgendwann befindet sich im Magen nur noch Plastik und die Vögel verhungern langsam mit vollem Bauch.

Plastik zersetzt sich nur sehr langsam, genauer gesagt dauert es mehrere Hunderte oder sogar Tausende Jahre. Bis dahin wird es durch Reibung immer kleiner gemahlen und wird zu dem, was wir heute unter Mikroplastik kennen. Dieses Mikroplastik wird von den Tieren aufgenommen und diese landen dann auf unseren Tellern. So gelangt das Plastik, in dem auch Zusatzstoffe wie Weichmacher oder Flammschutzmittel sein können, in unsere Körper.

Die größte Müllkippe der Welt ist gut versteckt

Etwa 1.600.000 Quadratkilometergroß und damit viermal die Fläche Deutschlands nimmt der „Great Pacific Garbage Patch“ ein. Er ist nur einer von fünf riesigen Müllhalden, jedoch die größte Ansammlung von Plastikmüll in unseren

Meeren. In ihm findet man alles, was der Mensch so wegwirft: Fischernetze, Benzinkanister, Flip-Flops, Flaschen, Tüten, Spielzeug, Möbel und den allseits beliebten Strohhalm. Alle fünf Müllinseln vergrößern sich Jahr um Jahr und es ist kein Ende in Sicht.

https://www.wwf.de/themen-projekte/plastik/unsere-ozeane-versinken-im-plastikmuell#:~:text=Drei%20Viertel%20des%20M%C3%BClls%20im,Jahr%20zehntausende%20Tiere%20das%20Leben
Zugriff: 24.03.2022 Uhrzeit: 14:14 Uhr
Quelle: WWF, Artikel Stand 2020

https://www.zeit.de/wissen/umwelt/2018-07/plastik-meer-tiefsee-nordpazifik-muellstrudel-oekosystem
Zugriff: 24.03.2022 Uhrzeit: 14:25 Uhr
Quelle: Zeit Online

Eisschmelze

Meeresspiegel bereits um 1,2 Zentimeter gestiegen

In den letzten 20 Jahren schmolzen bereits 4,7 Billionen Tonnen an Eis in Grönland. 4700 Kubikkilometer Wasser haben den Meeresspiegel bis heute um 1,2 Zentimeter angehoben. Umgerechnet auf die Größe der USA wäre das einen halben Meter Wasser über die gesamte Fläche des Landes. Aktuell ist der Rückgang des Eises in Grönland der Hauptgrund für den Anstieg des Meeresspiegels, da die Gletscher sechs bis sieben Mal schneller schmelzen als noch vor 25 Jahren.

Klimaforschern zufolge enthält die Grönländische Eisdecke genug gefrorenes Wasser um die Pegel der Ozeane um mehr als sieben Meter ansteigen zu lassen.

https://www.faz.net/aktuell/wissen/erde-klima/meeresspiegel-steigt-wegen-eisschmelze-in-groenland-17772071.html
Zugriff: 25.03.2022 Uhrzeit: 8:27 Uhr
Quelle: F.A.Z.

Helfen!?

Wer mithelfen möchte unsere Welt ein wenig besser zu machen, kann die nachfolgenden Organisationen unterstützen, die sich bereits seit vielen Jahren für eine bessere Gegenwart und Zukunft engagieren.

Zu Gunsten von UNICEF

Weitere Informationen: www.unicef.de

Spendenkonto:

Empfänger: UNICEF
Bank für Sozialwirtschaft Köln
IBAN: DE57 3702 0500 0000 3000 00
BIC: BFSWDE33XXX

Zu Gunsten des WWF

Weitere Informationen: www.wwf.de

Spendenkonto:

Empfänger: WWF Deutschland
Bank für Sozialwirtschaft
IBAN: DE06 5502 0500 0222 2222 22
BIC: BFSWDE33MNZ

Ein Dankeschön!

Ich möchte mich bei allen bedanken die mich unterstützt und Interesse an diesem Projekt gezeigt haben.

Ein besonderes Dankeschön geht an meine Ehefrau Stephanie De Vittorio, die mich zu diesem Projekt ermutigt hat. Durch ihre permanente Unterstützung wurde aus diesem Buch ein viel besseres.

Ebenfalls ein dickes Dankeschön an Frank Eberhard, der mit seiner selbstlosen Hilfe einen ahnungslosen Schriftsteller-Neuling mit Expertise versorgte.
Schaut gerne mal auf seiner Internetseite vorbei:
www.frankeberhard.de

Und falls ihr euch gefragt habt, wer dieses wunderbare Cover gezeichnet hat. Das stammt von Corinna Herse, die wirklich richtig was auf dem Kasten hat. Vielen Dank Corinna.

Falls ihr mehr über sie wissen wollt, findet ihr auf der nächsten Seite weitere Informationen.

Die Künstlerin

Mein Name ist Corinna Herse, ich bin 23 Jahre alt und das Zeichnen ist schon seit Kindheitstagen ein Hobby von mir. Mein Großvater hat mir das Zeichnen beigebracht, mich bei Fragen unterstützt und war mir ein tolles Vorbild, das mich angetrieben hat weiter dazuzulernen & auszuprobieren.

Das Zeichnen ist für mich ein wunderbares Hobby, jedes Kunstwerk ist ein „Unikat", in das viele Emotionen und Zeit fließt.

Für mehr Informationen findet ihr mich auf Instagram unter den Namen:

„Cocohrs" und „zm.photography_de"

Impressum

Birds Are Crying

Manuel De Vittorio

Auflage 1

Published by:

Manuel De Vittorio

ISBN: 979-8-8321-0141-5

Herstellung durch Amazon.com

Printed in Poland
by Amazon Fulfillment
Poland Sp. z o.o., Wrocław

11886337R00121